Ernst Fuchs:
Aura
Ein Märchen der Sehnsucht

Mit dreizehn Farbtafeln
von Eva Christina Fuchs
Buchschmuck und Zeichnungen
von Ernst Fuchs

Herausgegeben und mit einem Nachwort versehen
von Walter Schurian

Deutscher
Taschenbuch
Verlag

dtv

Von Ernst Fuchs
ist im Deutschen Taschenbuch Verlag erschienen:
Im Zeichen der Sphinx (1355)

Originalausgabe
Februar 1981

Umschlaggestaltung: Celestino Piatti unter Verwendung einer Zeichnung von Ernst Fuchs
Gesamtherstellung: C. H. Beck'sche Buchdruckerei, Nördlingen
Printed in Germany · ISBN 3-423-02872-6

Das Buch

In prächtigen Wortgemälden mit der ganzen Aussagekraft und schöpferischen Phantasie, die seinem Werk eigen ist, gestaltete Ernst Fuchs das Märchen ›Aura‹, die Vision einer ewigen Geschichte der Liebe. Angeregt wurde er dazu durch einen Bilderzyklus seiner Frau Eva Christina, an dessen Poesie und Farbigkeit sich seine Fabulierkunst entzündete. So entstand die Geschichte des Prinzen Koronrod, der sich auf die Suche begibt nach Aura, dem Ziel seiner Sehnsucht. Durch zauberische Initialen, Vignetten und Illustrationen verlieh Fuchs diesem Buch einen kongenialen Schmuck.

Der Autor

Ernst Fuchs, 1930 in Wien geboren, ist heute der bedeutendste Vertreter der Wiener Schule des Phantastischen Realismus. Durch sein umfangreiches und vielfältiges Werk, durch Bilder, Skulpturen, Graphiken, Illustrationen, Bühnenausstattungen und künstlerisch gestaltete Gebrauchsgegenstände, gelangte er zu internationaler Anerkennung. Er lebt zumeist in Wien, zusammen mit seiner Frau Eva Christina, die ebenfalls als Malerin tätig ist und deren Bilder bereits in mehreren Ausstellungen der Öffentlichkeit vorgestellt wurden.

Der Herausgeber

Walter Schurian, Jahrgang 1938, studierte Psychologie, Soziologie und Anthropologie. Praktische Erfahrungen beim Film und in der Gebrauchsgraphik. Hochschullehrer für Psychologie in den Vereinigten Staaten, in Berlin und seit 1973 in Münster/Westfalen.

Dieses Märchen widme ich allen Träumern, Seiltänzern, allen Falotten und Tagedieben, welche zum Demonstrieren so faul wie für den Wehrdienst unwillig sind. Euch, den Verachteten, widme ich es, die ihr ohne Volksvertretung seid, ohne Recht auf irgend etwas. Den Dummen widme ich es, den Einfältigen, den Schönheitstrunkenen, den Vergnügungssüchtigen. Den jungen Mädchen und Burschen, die bloß schön sein wollen – und es auch sind. Den Ungewaschenen, Unsportlichen, Verträumten, den Gottsuchern, die weiß der Kukkuck was für seltsame Bücher schon durchstöbert haben, um den verlorenen Schlüssel zum Paradies zu finden. Den Kabbalisten, den Yogis und Landstreichern; den Tieren im Meer, auf dem Feld, in der Luft und im Inneren der Erde. Ja, auch ihnen, den Lebewesen, die im feurigen Kern der Planeten hausen. Allen, die singen, verzweifelt sind oder froh, besonders aber den Traurigen, den Verliebten und denen, welche hoffnungslos lieben und meinen, das Ziel ihrer Liebe nie erreichen zu können. Ihnen vor allem ist dieses Buch zugedacht, da solchem Liebeswahn ja stets die Welt hohnlacht, jene Welt, der dieses Buch nicht gilt. Macht euch auf, ihr ewig Verliebten, und folgt eurer Sehnsucht.

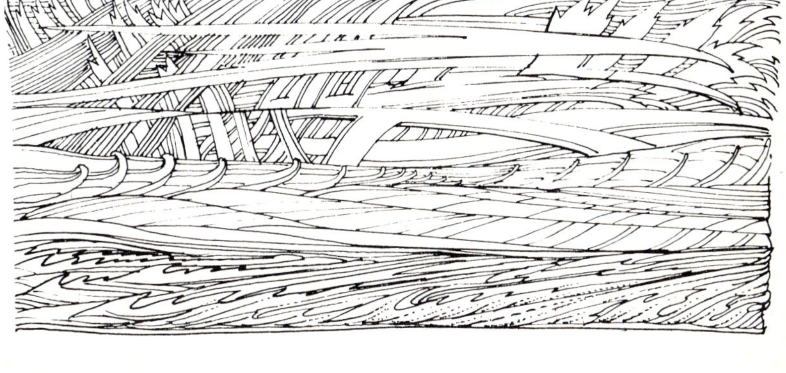

Mache die Musik,
Die Bilder, die Ihn preisen;
Zu Ihm kehr doch zurück,
Im Paradies will Er dich speisen.

Denn in den Künsten
Wirkt Sein Geist,
Sein Sprechen,
Sein Gesang.
Durchbrechen
Kannst den heilgen Hain
Du dir im Gang
Zu Seinen Früchten,
Zu essen neue Frucht
Von Seines
Sehnens Süchten.

Der Glockengießer

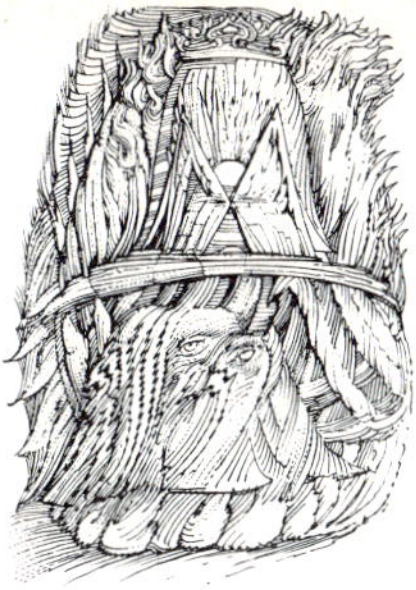

Mit der ausdrücklichen Genehmigung seiner Hoheit, des Königs Orloge, das Folgende zu veröffentlichen und allgemeine Kenntnis zu verschaffen von den rätselhaften Begebenheiten, die sich unter seiner huld- und glorreichen Regierung zugetragen haben, unterfange ich es in Gottes Namen und nach meinen besten Kräften, die Geschichte von Aura zu berichten.

Es begab sich an dem Tage, den der Heilige Vater in Rom als Tag der leiblichen Aufnahme unserer seligen, allzeit reinen Jungfrau und Gottesmutter in den Himmel verkündet hatte. Während dieser Feiertag festlich in allen Landen begangen wurde, geschah es, daß der König nach mir rufen ließ. Nachdem ich wie viele andere Bürger vom Hochamt in der Kathedrale heimgekehrt war, trat ein Herold seiner Majestät bei mir ein, um kundzutun, daß mir für den Abend des selbigen Tages die Gnade zukäme, vor dem König zu erscheinen. Vom Anlaß dieser Auszeichnung wurde mir nichts mitgeteilt.

Meine Aufregung war groß, und es bewegte mich die Ahnung, daß der König einen Auftrag zu erteilen gedachte. Als die Stunde des Abends nahte, eilte ich, gekleidet in die Tracht, die mir als Glockengießer ziemte, zu dem Tore des Schlosses. Dabei kann mir wohl auch das Gerede in den Sinn, das ich auf dem Platze vor der Kathedrale vernommen hatte. Es ging nämlich ein Gerücht im Volke um, daß es des Königs Wille sei, seinen einzigen Sproß, Prinz Koronrod, in Kürze zu vermählen; doch wußte niemand den Namen der unter den Töchtern der umliegenden Länder auserwählten Braut zu nennen. Ich meldete mich pünktlich, als die Sonne hinter den Hügeln westwärts der Stadt versank, beim Nachtposten des Schlosses an. Der Herold, der mir des Mittags meine Berufung bestellt hatte, wartete bereits und geleitete mich durch einen weitgestreckten Park zum Schloß. Es war Nacht, und die Sterne glänzten, als wir das Schloß betraten.

Über eine Treppe gelangten wir zum großen Ratssaal, in dem ich, um mit den Brüdern meiner Zunft vor dem Angesicht des Königs zu tagen, schon mehrere Male zuvor die Ehre hatte zu verweilen. Danach führte mich der Herold, eine Leuchte tragend, durch viele Gemächer, deren tiefe Schatten rasch an uns vorüberhuschten, bis wir endlich eine kleine Kammer betraten. In dieser ruhte der König auf einem Bett. Sein Atem ging schwer, schwer wie einem, den ein Alptraum bedrückt. Seine knochigen Hände waren in die weißen Strähnen seines langen Bartes verkrallt, ein wühlender Schmerz schien ihn im Traum zu quälen. Der Herold indessen wagte es, sich zu räuspern, zu hüsteln, mit dem Scharren der Füße und polternden Geräuschen sich bemerkbar zu machen, woran ich erkannte, daß es wohl des Königs ausgesprochener Wille war, mich zu sehen. Die Dringlichkeit meiner Bestellung wurde mir plötzlich bewußt. In diesem Moment öffnete der König seine Augen. Unter den schweren Lidern blickte er uns wie ein Träumender an, wies dann mit seiner Rechten auf mich und sprach: »Du bist der Mann, du sollst die Glocke schaffen!« Seine Augen ruhten auf mir wie von ferne, so als nähme er mich nicht wahr, blickte durch mich hindurch, oder als stünde ich hinter mir selbst in einem weit entfernten Raum. Ja, er schien nicht mich zu sehen, sondern jemand anderen, den er erträumte. Dann fuhr er schlaftrunken fort: »Sie muß mächtig sein, die Glocke, und du bist der Mann, der sie gießen soll. Im Westturm des Domes soll sie hängen und zum ersten Mal ertönen am Tage der Hochzeit meines Sohnes.« Danach sank er zurück in die Kissen, auf welche er gebettet war, und in das Dunkel des Raumes. Der Herold aber zog mich beiseite und führte mich zurück.

Nicht gering war mein Staunen und groß mein Erschrecken, denn die Worte des Königs rührten mich tief. Auf dem Wege zurück nach Hause kamen mir freilich Bedenken. Ich hatte nichts, keinen schriftlichen Auftrag, allein das schlaftrunken hingemurmelte Wort des Königs; und beträchtlich waren die Kosten, die sein Auftrag mir auferlegte. Dennoch drängte es mich, der großen Ehre und Auszeichnung zu genügen. Kein Preis erschien mir daher zu hoch. Auch faßte ich die Absicht, meine Nöte in aller Demut seiner Hoheit vorzutragen, sobald ich den Riß der Glocke dem König zur Ansicht vorlegen konnte. Ich war gewiß, sein gnädiges Verständnis zu finden. Mein Geist jubelte nun, und ich maß die Gestalt der mächtigen Glocke, wie ich sie schaffen wollte, in mir, so als hinge sie bereits in ihrem Stuhl in den Pfeilern des Westturms. Ja, ihren Klang glaubte ich schon zu vernehmen, ihr Dröhnen in meinen Ohren, ihren brausenden Jubel zum Tage der Hochzeit des Prinzen. Nichts schien mir mehr unmöglich zu sein, und wie ein Berauschter taumelnd erreichte ich mein Haus.

Am Morgen des nächsten Tages machte ich mich auf den Weg in die Gründe der Ziegelstecher, in die Lehmgruben im Tale westwärts der Stadt. Ich gedachte feinen Lehm zu suchen, den fetten, von der blauen Art, mit dem zu schaffen eine wahre Freude ist. Doch findet sich dieser Lehm gar selten. Als ich gen Mittag so manche Grube vergeblich durchforscht hatte und mit etlichen Lehmstechern über die Menge, die ich brauchte, gesprochen hatte, ohne jedoch eine Zusage über die nötigen Fuhren zu erhalten, zog ich weiter in der Hoffnung, neue, noch unerforschte Lehmgründe zu finden. Da wurden die Hütten der Ziegelbrenner seltener. Trocken und grobkörnig war der Boden nun. Nach und nach sank

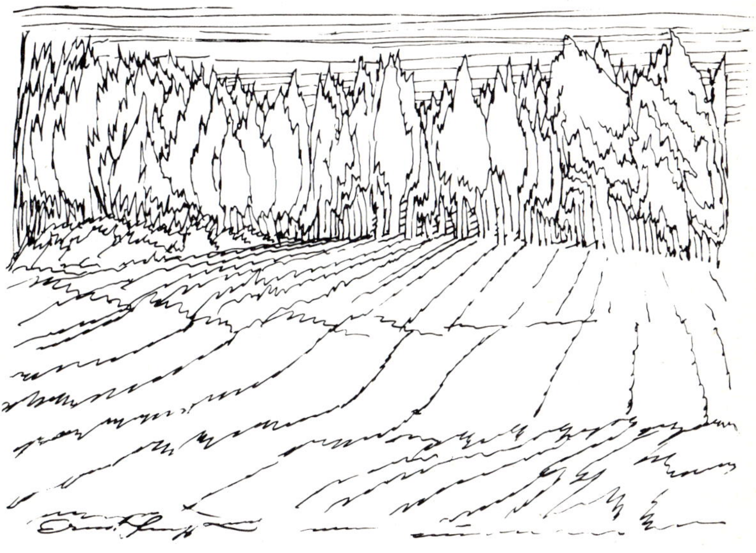

die Hoffnung, jenen Lehm noch zu finden. Umkehren wollte ich jedoch nicht, denn ich dachte, daß nur mit diesem blauen Lehm gut zu arbeiten wäre. Die armen, von schwerer Arbeit lebenden Ziegelstecher gaben mir Herberge und vermeinten, daß weiter draußen, westlich in Richtung der Sümpfe, die Gründe wieder besser würden. So gab ich mein Suchen nicht auf.

Die beschwerliche Art meiner Forschung zog sich noch fünf Tage hin; längst hatte ich jede menschliche Behausung hinter mir gelassen. Da gelangte ich gen Abend des sechsten Tages meiner Wanderschaft an die Ausläufer eines jungen Waldes. Die Reiser standen als lichter, grüner Streifen am Horizont. Als ich näher kam, sah ich die schnurgeraden Linien, in denen sie die weite Ebene durchzogen. Ich gedachte, den Waldstrich, dessen Stand kaum doppelte Manneshöhe hatte und der vornehmlich aus Birken und Pappeln bestand, schnell zu durchschreiten. Doch bald befand ich mich in einem ausweglosen Dickicht, das von hohen, uralten Bäumen durchsetzt war. Es wurde dunkel, die Sonne war untergegangen, und ohne einen Ausweg zu finden, irrte ich umher, bis ich schließlich erschöpft zu Boden sank.

Weglose Dämmerung umgab mich, als ich erwachte. So dicht war das Laub- und Rankenwerk über mir versponnen, daß ich nicht wußte, ob es Tag war oder Nacht. Vergeblich suchte ich nach einem Pfad. Lange Zeit irrte ich umher und meinte, als wiederum völlige Finsternis auf mich fiel, nicht weiter als im Kreise gegangen zu sein. Ich fand nicht Weg, nicht Steg, und meine Hoffnung glitt, wie meine Seele, in einen tiefen Abgrund der Angst. Ein paar Beeren und Pilze waren meine Nahrung, der Tau auf den Blättern mein Trank. Wo war meine Hoffnung, meine Ehre, mein Auftrag geblieben? Wohin, o Gott, so seufzte ich, hast du mich geführt? Die Tage vergingen, als wären es vom Moder glimmende Nächte, und die Nächte umgaben mich als ein finsteres Nichts.

Es mochten Wochen hingegangen sein, als ich eines Morgens erfüllt von einer seltsamen Freude erwachte. Ich fühlte, daß dieses Los der Verlassenheit vielleicht die Glocke sei, welche zu schaffen der König Orloge mir aufgetragen hatte: Eine Glocke der Einsamkeit, eine Glocke des Opfers. In diesem Sinne schickte ich mich nun in mein Schicksal und betrachtete fortan den Wald, der mich umfangen hielt, als meine Hütte und Behausung. Alsbald vernahm ich den Vogelruf und die Sprache allen Getiers. So kam es, daß ich eine Hütte baute, ein Reisigdach, gelehnt an eine große Linde. In den Stunden des Zweifels durchstreifte ich den Wald, aber nicht mehr von Verzweiflung getrieben. Meine Augen gewöhnten sich an das Dunkel, und manches Wunder tat sich mir auf. Allerlei Formen lernte ich so neu kennen; die Blüten, Blätter und Früchte offenbarten sich mir als die Schlüssel zur Natur und die Knotenpunkte der Schöpfung. So vergingen die Tage und Wochen. Wachen und Träumen wurden ein und dasselbe, Gehen und Ruhen unterschieden sich nicht länger voneinander. So wurde ich ein anderer Mensch.

Schließlich kam der Tag des Lichtes, während ich noch immer suchte, ganz unerwartet und strahlte seinen goldenen Glanz doppelt hell auf mich nieder. Was ich in meiner Einfalt nicht bedacht hatte, war geschehen: Die Zeit des Herbstes war gekommen. Das Laub färbte sich rot, gelb und grau und löste sich von den Zweigen. Das Dach, das mir die Sonne verwehrt und alles Unwetter von mir ferngehalten hatte, war nicht mehr. Niedergesunken lag es zu meinen Füßen, und über mir leuchtete der blanke Himmel des Herbstes in stählernem Blau.

Ich verließ meine schüttere Hütte und suchte frohen Mutes nach einem Pfad. Meines Zieles plötzlich wieder gewiß, ging ich geradenwegs durch den Wald. Da gelangte ich am Abend noch dieses Tages an ein steinernes Haus. Aus kunstvoll behauenen Quadern war es gefügt. Von Rankenwerk und Efeu eingesponnen machte es den Eindruck, als sei es seit Jahren nicht mehr betreten worden. Als ich es zögernd umschritt, um einen Einblick zu entdecken, wunderte ich mich, daß es an keiner Stelle die Spuren des Verfalls zeigte. Das Dach des Hauses war mit braunschwarzen Schieferplatten gedeckt, ohne Makel, und dichte Polster hellen Mooses hatten es überzogen. Endlich fand ich einen Eingang, eine eisenbeschlagene Eichentür, die Wurzeln und Zweige aufgesprengt hatten. Hier trat ich ein. Die letzten Strahlen der versinkenden Sonne wiesen vor mir her ins Dunkle des Inneren, auf die schattenhaften Umrisse eines Tisches, auf dem eine Leuchte stand.

In der Finsternis umhertappend, suchte ich ein Licht anzuzünden. Ich fand Zündhölzer und setzte den beiden Kerzen des Leuchters ein Licht auf. Dann blickte ich mich um. Wie sauber und wohlbestellt war doch alles ringsumher. Ohne Zweifel war dies eines jener Häuser, wie sie die Fürsten und Könige als Ausgangs- und Sammelpunkt ihrer Streifzüge und Jagden in den Herzen ihrer Triften haben erbauen lassen.

Der Hausrat befand sich in bester Ordnung und vermittelte den Anschein, für den Empfang eines Besuchers vorbereitet zu sein. Auf dem Schild des Rauchfangs über dem von zwei steinernen Löwen flankierten Kamin fand ich ein Wappen kunstvoll eingemeißelt. Es zeigte das Rund einer strahlenden Sonne, wie es knapp über dem Horizont aufschien, zu dem sich ein schlangenförmiger Weg, von blühenden Bäumen flankiert, hinwand. Ich kannte dieses Wappen nicht. In welches Herren Land mochte ich wohl geraten sein?

Auf dem Rost des Kamins lagen aufgeschichtet Reisig und Buchenscheite. Bald leckten die Flammenzungen des Feuers nach der frostigen Öde des Raumes und füllten das Haus mit Wärme. Nun erst fühlte ich, da in der Geborgenheit des Raumes das Eis der

Beschwerlichkeit meiner langen Irrfahrt von meinen Knochen taute, die bleierne Müdigkeit, die sich in mir wie eine Last angesammelt hatte. Ich sank auf einem Lager, welches ich gleich neben dem Eingang hinter einem Vorhang an der Wand entdeckte, alsbald in einen tiefen Schlaf. Die Wogen des Schlafes mochten meine Schläfen umspült, das Geflecht der Träume und die von Kristallen gleißende Treppe der Himmelsleiter die Lider des inneren Auges mir gewölbt haben, als ich traumversunken ein blondes Mädchen erblickte, das zur Tür hereinhuschte und sich an dem Tische niedersetzte. So hatte ich sie erschaut: Beide Hände hielt sie über ihrem Haupt lose gefaltet, als empfinge sie einen hochgewachsenen Jüngling, zum Kusse bereit. Ihre Augen waren geschlossen. Wie einem unsichtbaren Führer folgend, im Schlafe wandelnd, war sie eingetreten. Als gehorche sie einem lieben Befehl, saß sie da und begab sich an ein seltsames Werk. Der Lade des Tisches entnahm sie mehrere Blätter Papier und begann mit großer Bedachtsamkeit und einem Geschick, wie es nur den besten Künstlern eigen ist, mit bunten Stiften, welche sie der Tasche ihrer Schürze entnahm, zu zeichnen. So ging die Nacht hin, während ich sie träumte.

Als das Grau des Morgens durch die Risse der Türe fiel und das Feuer im Kamin schwelend verlosch, warf das Mädchen einen letzten Blick auf ihr Werk. Leise seufzend löste sie ihre Schürze, um die Bilder, die sie geschaffen hatte, darin zu bündeln. Sorgsam machte sie zuletzt einen Knoten obenauf und schloß das Bündel in die Lade des Tisches. Wie sie gekommen, von einer unsichtbaren Hand geleitet, von einem Geliebten, der unsichtbar blieb, gehoben und getragen, glitt sie schwebend davon. War es sogleich danach oder erst Stunden später, daß ich erwachte? Ich wüßte es nicht zu sagen. Im hellen Schein der Sonne sah ich mich in dem Gemach, das ich mit der einbrechenden Nacht betreten hatte, sorgfältig um. Es war ein fürstliches Haus, ein Jagdhaus ohne Zweifel. Ich war gerettet, nicht weit von hier mußten andere Menschen sein. Ich dankte Gott. Ich neigte mich tief vor seiner Güte, und Tränen einer nie gekannten Dankbarkeit strömten von meinen Augen.

Während ich mich noch umsah, kam der seltsame Traum mir plötzlich wieder in den Sinn. Ich öffnete geschwind die Lade des Tisches, so als wäre sie zu einem Wesen von meinem Wesen geworden, und bemerkte das ins Tuch einer Schürze gepackte Bündel von Zeichenblättern. Die quadratische Form seines Umrisses hob sich klar durch das Gefält des Stoffes. Ich hatte nicht bloß geträumt, ein Wahrtraum war mir geschehen. Als müßte ich mich eines hohen Auftrags, der mit meiner Glocke eins geworden, annehmen, ergriff ich das Bündel. Mich überkam das Bewußtsein, einen Schatz zu tragen, und ich war gewiß, daß nun ein Weg vor mir sich auftun würde, dessen Gestalt und Ziel bis an das Herz meines Königs reichte.

Von solchen Gedanken und Gefühlen gestärkt, verließ ich das Haus. Ja, wie ein Pfeil flog meine Hoffnung vor mir her, und das Wild, das er suchte, die Beute seiner durchdringenden Spitze war jenes unbeschreibliche, unabbildbare Etwas geworden, das ich in allen meinen Bemühungen um die Kunst des Gestaltens, nichts und doch alles sehend, immer vor meinem Geistesauge her trug. Ein Frohlocken klang in mir, so als ob die Glocke, die zu schaffen ich berufen war, schon vom Turme zur Hochzeit riefe. Kräfte, wie ich sie nie zuvor gefühlt, regten sich in mir und labten mein Gemüt. Ein vor Kraft und Zuversicht bebender Mut erfaßte meine Seele, als ich das Jagdhaus verließ. Mein Weg war vor mich hingebreitet, von keines Menschen Fuß je betreten und doch ein leuchtender Pfad, eine Spur der Götter, jeder Schritt ein tragender, gewiß und voller Wahrhaftigkeit.

Indessen hielt ich den Schatz der Bilder wie einen Kompaß vor mich hin, der mir den Weg weisen sollte, jubelnd mit allen Geschöpfen der Natur. Einem Wünschelrutengänger gleich, lief ich hinter dem Bündel her, einem Wege folgend, den ich zwar nicht sah, aber um so deutlicher mit meinen Sinnen erfühlte. Als die Sonne hoch am Himmel stand und des Mittagshimmels Rot sich um ihre feurige Narbe drehte, hielt ich in meinem Laufen inne. Ich war auf einer Lichtung des Waldes angelangt. Hier bemerkte ich die ersten Spuren von Menschen. Was Wanderer und Müßiggänger auf ihren Wegen so von sich werfen, Abfälle aller Art, lag verstreut im Gras umher. Ich war glücklich über diese ersten Zeichen der Nähe von Menschen, aber mich befiel auch so etwas wie Ekel und Trauer. Es wurde mir bewußt, daß ich im Begriffe war, eine Gegend der Reinheit und Unantastbarkeit vielleicht auf Nimmerwiedersehen zu verlassen. So schritt ich mit zunehmendem

Zögern und stärker werdender Abscheu über die Lichtung. Diese mit kurzhalmigem Gras bewachsene Ebene, die meinem unberührten, ja heiligem Walde, in dem ich ein eigentümliches Schicksal entgegennehmen durfte, als kleines Niemandsland vorgelagert war, wurde plötzlich zu einem Zeichen der Warnung. Vor mir, so ahnte ich, lag nichts Gutes. Als ich den gegenüberliegenden, kränklich wirkenden Wald betrat, wurde mir klar, daß ich eine Grenze überschritten hatte. Hier roch es modrig. Borkenkäfer, Grind und Schwamm hatten den Baumbestand befallen, überall wucherten Sumpf und Morast und giftige Pilze säumten den Weg. Doch schritt ich ungeachtet dessen schnell und unbeirrt von dannen. Das Bündel in meiner Hand zog mich voran.

Gegen Abend gelangte ich in die Nähe eines menschlichen Gehöfts. Es war schon dunkel geworden, und ich hatte mich im Laube hingestreckt, um auszuruhen, als ich durch die Stammessäulen des Tanns die Lichter des Hauses blinken sah. Auch vernahm ich Wehgeschrei und Gezeter, die Stimme eines alten Weibes. Eine andere klagende Stimme schien von einem jungen Mädchen herzurühren. Zunächst wollte ich in dem Hause nach dem Rechten sehen; Friede zu stiften, war meine erste Regung. Doch dann empfand ich wieder Ekel und Angst. Das Kreischen der Weiberstimme hatte etwas Tierisches, aber auch hexenhaft Unwirkliches an sich. Ein lähmendes Entsetzen hielt mich fest. Erstarrt stand ich und wagte es nicht, mich dem Hause zu nähern. Dann hörte ich das Klatschen heftiger Schläge, die von abscheulichen Flüchen begleitet waren. Immer wieder schrillten mir durch den Wald die Worte entgegen: »Wo warst du Dirne heute nacht? Was hast du mit deiner Schürze angestellt?«

Da wußte ich mit einem Mal, was ich zu tun hatte. Eine Schürze befand sich ja in meiner Hand. Und was die Bescholtene die ganze Nacht gemacht hatte, war vielleicht darin aufgehoben. Ich mußte eilen, um der gespenstischen Szene ein Ende zu bereiten. So rannte ich auf das Haus zu und rief: »Haltet ein mit eurem Geschrei und öffnet mir. Ich habe etwas Wichtiges mitzuteilen.« Aber als Antwort auf mein Rufen folgte plötzliche Stille. Das Geschrei erstarb im Nu, als ob ein Spuk sich verflüchtigte, ebenso erlosch das Licht. So stand ich wie gebannt vor dem verkommenen, halb zur Ruine verfallenen Gehöft, das mir im fahlen Mondlicht seine leblosen Fensterhöhlen zeigte. Ich trat an die Tür und pochte mit meiner Faust, heftig Einlaß begehrend. »Öffne in Gottes Namen.« Nach einiger Zeit hörte ich schlurfende Schritte und dann die kreischende Stimme einer Alten, dumpf und heiser wie bei jemandem, der sich müde geschrieen hat: »Schert Euch zum Teufel. Wir sind nicht neugierig auf Eure Nachricht. Hier ist die Wahrheit bekannt. Wir lassen uns nichts vormachen, schon gar nicht von Tagedieben und Landstreichern.« Da wallte ein unbändiger Zorn in mir auf, ich griff nach einem schweren, wuchtigen Stein, der neben der Schwelle des Hauses lag, hob ihn hoch und schleuderte ihn unter Aufbietung meiner ganzen Kraft gegen die verschlossene Tür.

Von der Wucht des Steines mitgerissen stürzte ich ihm folgend durch die zerschmetterte Tür, fiel längs hin neben den röchelnden Leib eines alten Weibes und hielt einen schaurigen Tod umfangen. Das Weib lag erschlagen in seinem Blut. Aus einer Lampe, die es getragen und welche es im Sturze zu Boden geschleudert hatte, leckten die brennenden Zungen ausfließenden Öls die aus Stroh und Lehm errichteten Wände des schmalen Eingangs hoch und beleuchteten, zusehends heller werdend, die Trümmer des Haufens, den mein Einbruch aufgeworfen hatte. Als die Flammen hoch über uns zusammenschlugen, erblickte ich das Gesicht einer sterbenden Hexe. Oh, bleckender, pferdeschädeliger Tod. Unter der zerborstenen Oberfläche traten die derben, knochigen Glieder hervor. Letzte, heisere Atemzüge pfiffen, als sauge stöhnend ein Orgelbalg nach dem Amen. Leise knisternd fraßen die Flammen eilends um sich und faßten nach Haar und Kleidern der Toten.

In diesem Augenblick gewahrte ich durch die Flammen ein Mädchen auf mich zueilen. Als ich den Kopf erhob und genauer nach ihr sah, erkannte ich, daß es fürwahr dieselbe Maid war, die die Nacht zuvor im Schlaf mir erschienen war und deren Bilder, in ihre Schürze verpackt, ich noch immer fest mit meiner linken Faust umspannte. Nicht einen Augenblick lang hatte ich dieses Bündel losgelassen. Das Mädchen schritt, so wie ich sie die Nacht zuvor erschaut, die Augen geschlossen, beide Hände über dem Haupt verschränkt, als ruhte sie einem Liebsten an der Brust, an mir vorüber dem Ausgang zu. Vergeblich faßten die Flammen nach ihr. Nun fiel die Starre des Schreckens von mir ab. Ich vermochte mich aufzurichten. Kaum aber hatte ich nach dem Mädchen das Haus verlassen, brüllten die Flammen auf und verschlangen das Haus, die Funken zum Himmel speiend wie ein Vulkan. Die schwarzen Stämme des Waldes warfen ihre kantigen Schatten wie Pfeilbündel über mich her; ich aber folgte eilenden Schrittes dem vor mir hinschwebenden Mädchen. Im Fluge atemlos, stolpernd, mich hastend aufraffend, den Blick auf ihre Gestalt geheftet, um den Weg nicht zu verlieren, folgte ich ihr. Denn nun erschien sie mir als Weg und Licht. Ja, ein Licht war sie, einer Laterne gleich verstrahlte sie ein Leuchten: Ihre Gestalt war von einer hellfunkelnden Aura umflossen. So eilten wir hin, Pfade betretend, die kein Auge hätte sehen können; der schlafwandlerische Instinkt des voraneilenden Wesens schien hingegen um ihn zu wissen. Hinter uns knarrte das morsche Gebälk des Hauses unter dem zermalmenden Biß der Flammen. Ein Poltern, Tosen und Krachen hallte uns nach wie ein letzter Fluch.

Als der Morgen graute, lag vor uns die Stadt. Ich war der Heimat wiedergegeben. Schneller als Gedanken eilen, um Ersehntes im Wunschtraum zu besitzen, war diese Bild der erhofften Heimkehr vor mein Auge gestellt. Zauberei und Trugbild könnte man es nennen, wären nicht auch die unsägliche Mühe des Weges und die Unzahl der Entbehrungen im weglosen Verlorensein so lange Zeit ein schmerzlich erlebter Alltag gewesen. Da nun die Sonne ihre Strahlen über den Rand des Horizontes sandte, öffnete meine Führerin ihre Augen und hielt wie betäubt im Laufe inne. »Mutter, Mutter«, schrie sie auf und blickte mich fragend an. »Sorge dich nicht. Die Alte ist nicht mehr«, sagte ich. »Wer immer auch deine Mutter gewesen sein mag, du bist nicht allein ihr Kind. Weißt du denn, wer dein Vater ist? Hast du nach ihm gefragt? Warum hast du seinen Namen nicht gerufen?« Ich weiß nicht, warum ich diese Frage, fast tadelnd, an sie richtete. Es schien jedoch, als hörte sie mich nicht. »Ja«, sagte sie, als wäre es eine Antwort: »Der Wind, wo immer er rauscht.« Sie sprach wie ein Kind. Danach blickte sie mich an. Sie las von meinen Lippen, was ich sagte. Sie war taub.

Dieses Mädchen war ein Wesen, welches nur aus Leib bestand. Ein Leib ohne Seele. Ihr Aussehen war von jenem der Jungfrauen ihres Alters verschieden. Sie trug das blonde Haar, das bis zur

Hüfte reichte, lose gescheitelt, in Strähnen und Locken wirr, wie sie nur ein Mangel an Pflege hatte ordnen können. Blaue Bänder waren, manche Strähnen zu Zöpfen bindend, hineingeflochten. Auch bemerkte ich darin Larven von Insekten nisten, und manches Flügelpaar eines Nachtfalters zitterte hervor. Helle, blaue, große, starr ins Licht gerichtete Augen über den purpurrot betupften Wangen wölbten sich aus ihrem sonst bleichen Gesicht wie gläserne Schalen nach außen. Meist blickte sie starr nach oben, wie es die Blinden tun, so daß man hätte meinen können, nicht nur ein taubes, sondern auch ein blindes Wesen vor sich zu haben.

Während des Augenblicks, den wir aus dem Dickicht des Waldes tretend angehalten hatten, war die Sonne über den Horizont gestiegen. Ein Pfad lag vor uns und schlangengleich wand er sich hin zur rotgoldenen Scheibe des Gestirns. So hatte es das Wappen jener Herrschaft gezeigt, in deren Jagdschloß ich dieses seltsame Wesen an meiner Seite zum erstenmal gesehen hatte. Da erfaßte ich ihre Hand, umschloß sie fest mit der meinen und führte sie hin zur Stadt, die, schöner als ich sie je gesehen hatte, im Sonnenglanz des Morgens vor uns lag.

Nun, da ich gerettet war und wieder an den Auftrag, die Glocke für den Westturm zu gießen, dachte, wurde eine große Ungeduld in mir wach. Ich wollte den Tag meiner Rückkehr wissen, um die Zahl der Tage, Wochen und Monate, die ich in der Fremde verschollen war, herauszufinden. Es war Herbst geworden, das war alles, was ich wußte. Aber sollte bloß ein halbes Jahr vergangen sein? Ich betrachtete meine Hände und sah an mir herab. Wie verfallen, wie alt erschien ich mir. Die Farbe meines Bartes und Haupthaares war ins Weiße geraten, fahl und runzlig meine Haut. Meine Unruhe wurde mit jedem Schritt, den wir der Stadt näherkamen, größer. Der Weg, den wir einschlugen, führte uns ostwärts, links an den Stadtmauern vorbei, so daß wir, um an das Westtor zu gelangen, abbiegen und querfeldein gehen mußten. Hier auf den Feldern waren die Spuren einer jüngst erfolgten Belagerung zu bemerken. Dürftig verscharrt, ragten da und dort die Gliedmaßen Erschlagener oder von Krankheit Dahingeraffter aus dem Erdboden. Zwischen zertrampelten Ernteresten lagen Kriegsgerät und verbranntes Zeltgestänge. Wie mir schien, war dem Feind kein Sieg gelungen; vielleicht hatte eine Seuche seinen Abzug erzwungen. Uneinnehmbar und stolz ragten uns bald die Mauern der Westtorbastei entgegen, als wir das Pflaster der Zufahrtsstraße betraten.

Ein Geschoß verfehlte um Armeslänge meinen Kopf. Sein Geräusch riß mich aus den freudigen Gedanken und brachte mich zur Besinnung. Das Stadttor war geschlossen, die Brücke hochgezogen und aus einem der zu beiden Seiten des Tores errichteten Türme wurden wir angerufen: »Haltet ein! Sonst seid Ihr des Todes!« Da standen wir und wagten uns keinen Schritt mehr weiter. Ratlos und erschrocken hielten wir einander umschlungen: Eine Geste und Antwort unserer Bitte um Einlaß an den Rufer. Der Anblick des riesigen verschlossenen Tores war Sprache genug, um auch dem Mädchen verständlich zu machen, daß wir hier nicht willkommen seien. So nah der Heimat, war ich ihr doch nie ferner gewesen. Mir war, als würde ich als ein Toter Einlaß bei den Lebenden fordern; ich fühlte das Mißtrauen, die Furcht, die diese Lebenden aus ihrer Festung uns entgegenbrachten. Wir standen als Boten der Seuche vor ihnen und mit uns wollte, so schien es ihnen, der Tod sich durchs Tor zwängen.

Schweren Herzens kehrten wir um und suchten in den zurückgelassenen Trümmern des Feindeslagers nach Obdach und Nahrung. In einem Zelt, das dem Aussehen nach das Quartier eines Heeresführers gewesen sein mochte, fanden wir beides. Hier gedachte ich den Winter zu erwarten, denn mir deuchte, daß mit Einbruch der kalten Jahreszeit man ein Einschleppen der Seuche nicht mehr zu befürchten hätte. Meiner Erwartung und Voraussicht gemäß fand sich alles, was ein Ausharren vor den Mauern der Stadt erträglich machte. Der Gegner hatte zur Betreuung seiner Truppen alles Nötige herbeigeschafft. Es fehlte nichts. Selbst Kaffee, Gewürze und die feinsten Weine waren zu finden, auch Honig und Öl. Ein großer Teil der Nahrungsmittel jedoch war bereits verdorben. Ratten, Mäuse und Ungeziefer aller Art waren über die Schätze hergefallen. Es wimmelte von allerlei Getier; ein Quieken und Pfeifen, ein Rascheln und Scharren erfüllte das Lager. Das Zelt, das wir zur Behausung ausgewählt hatten, war bald wohnlich gemacht. In den nachfolgenden Tagen, die ich damit zubrachte, das verlassene Lager des Feindes zu erforschen, erkannte ich deutlich die tödlichen Spuren einer Seuche, die das Heer in nur wenigen Stunden zur Flucht gezwungen hatte. Einige der toten Krieger, die zu verscharren man sich nicht mehr die Zeit genommen hatte, lagen am Rande des Lagers. Ihre Körper waren von schwarzbraunen Beulen bedeckt. Die Pest hatte für meinen König eine Schlacht geschlagen und gesiegt. Jede Krankheit ist ein Streiter des Todes, doch hat dieser nicht Freund noch Feind. Sollte mein König, der weise Orloge, noch am Leben sein, so war es gewiß seine Order, niemanden einzulassen, bis der Schnee das Land bedeckte. Erst unter der weißen Decke der eisigen Kälte kommt selbst ein Übel wie die Pest zur Ruhe.

Die Zeit des Wartens wurde lange. Das Mädchen, das für mich sorgte, nannte ich Leuchte, weil sie mir den Heimweg gewiesen hatte. An ihr stummes, taubes Wesen hatte ich mich gewöhnt, und auch daran, daß sie, ins Leere starrend, umherging wie eine Blinde. Doch verrichtete sie alle Arbeit mit gelassener Sicherheit. Ich aber dachte inzwischen an mein Werk, wollte schaffen und hatte doch nichts zu tun. Da entdeckte ich eines Tages in einer Satteltasche nebst einem Kompaß allerlei Meßgeräte sowie ein komplettes Zirkelzeug, Lineale, Zeichenfedern und Tuschstangen. Dieser Fund machte mich glücklich, denn so konnte ich an meinem Plan arbeiten. An Papier war kein Mangel, denn im Zelt, das wir bewohnten, gab es viele Feldkarten. Die Glocke nahm Gestalt an, sie wuchs unter meiner Hand als ein eherner Schild der Hoffnung. Leuchte beobachtete aufmerksam mein Tun und mir schien, daß ein Glanz des Lebens und der Anteilnahme in ihre Augen gelangte. Eines Tages nahm Leuchte das Bündel zur Hand, in dem die Zeichnungen noch verwahrt waren, und öffnete es. Danach bemerkte ich, wie sie sich mit großer Gewißheit anschickte, eine bestimmte Ordnung herzustellen. Sie fügte die dreizehn Bilder mit behender Sicherheit aneinander und brachte sie, ohne sich auch nur einen Augenblick besinnen zu müssen, in eine Reihenfolge, die einer Bildschrift zu gleichen schien, so daß ich nicht wenig neugierig wurde, den Sinn ihres Tuns zu ergründen. Es schien, als ob in der von ihr gefügten Ordnung ein Sinn gleich einer Handlung entstünde und in der Bildfolge als Geschichte lesbar würde. Doch da ich versuchte, den Inhalt ihrer Bildgeschichte zu erfassen, schüttelte sie eher verneinend ihr Haupt und wies auf die Entwürfe zu meiner Glocke. Es schien, als wollte sie mir bedeuten, daß ein nicht zu übersehender Zusammenhang zwischen ihren Bildern und meiner Glocke bestünde. Was immer ich indessen auch unternahm, diese Zusammenhänge aufzufinden, es verbarg sich mir der meiner Gefährtin offenbare Sinn des Ganzen von Tag zu Tag tiefer im Dunkel der Ungewißheit. Am zweiundvierzigsten Tag unseres Wartens fielen die ersten Schneeflocken auf unser Lager. Der Winter brach herein, rasch und mit aller Macht. Alles erstarrte in einem schneidenden Frost. Der Himmel verdunkelte sich und es schneite ohne Unterlaß. Dicht gefallenes Weiß hüllte uns ein, und über Nacht hatten die dunklen Zeichen einer jäh abgebrochenen Belagerung sich unter die Hermelindecke des Schnees verborgen. Tod und Verwesung waren gebannt. Wir konnten es wagen, wieder vor das Tor zu treten, um bei den Wachen Einlaß zu begehren. Diesmal mit Erfolg.

Nach mancherlei Irrwegen durch die verwüstete Stadt, auf denen wir vielen von Krankheit, Tod und Krieg gezeichneten Menschen begegneten, wurden wir endlich vor den König geführt. »Reiche mir deinen Entwurf. Wo hast du so lange geweilt?« grollte sein Mund. Während er langsam seine Augen auf mich richtete, rief er mit donnergleicher Stimme, daß die Kammer davon erdröhnte: »Bald schon muß die Hochzeit sein. Eilet, ihr Säumigen, schafft den Prinzen herbei. Besorgt nun alles, was ich befohlen. Die Braut ist da!« Bei diesen Worten wies er auf mich und Leuchte. Ja, wie mir schien, zielte sein weisender Finger auf das Bündel, in das die Bilder verschnürt waren und das sich jetzt in Leuchtes Hand befand. Denn während wir ergriffen und ratlos vor dem Lager des Königs standen, hatte Leuchtes Hand sich sanft in meine Faust gestohlen, die das Bündel fest umklammert hielt, und es heimlich an sich genommen. Weder der Herold noch ich verstanden ein Wort von dem, was der König gesprochen; wir waren aufs höchste erstaunt. Leuchte aber trat, unser Erstaunen steigernd, rasch an des Königs Bett, und warf sich, seine Hand küssend über ihn. In all den Tagen, die ich mit Leuchte verbracht, hatte ich sie noch nie dermaßen erregt gesehen. Doch schien auch jetzt ihr geheimnisvolles, steifes Wesen noch nicht vollends von ihr gewichen zu sein. Sie rang nach Worten wie ein Erstickender nach Luft, doch kam kein Laut über ihre Lippen. Da richtete sich der König mit einem jähen Ruck in seinem Bett auf und, indem er den Kopf Leuchtes an seine Brust drückte, sprach er wie ein Tröster: »Bald wird die Hochzeit sein.« Dann nahm er das Bündel aus Leuchtes Hand und sprach zu mir gewendet: »Öffne das Bündel.« Und da ich die Knoten des Tuches geöffnet hatte, griff er mit schwerer, zitternder Hand nach dem ersten Bilde obenauf, um es nahe an seine nun weit aufgerissenen, in Tränen schwimmenden Augen zu führen. »Was weißt du von meinem Sohn? Sprich, wie kommt sein Bildnis in deinen Besitz? Du sollst mir baldigst alles berichten. Aufschreiben sollst du es getreulich und genauestens. Nicht eher sollst du wieder vor mir erscheinen, bis alles, was du weißt, beschrieben ist.« Danach sank er zurück in die Kissen und lag wie tot da. Ein tiefer Schlaf hatte den König nun überkommen, so daß auch sein Atem nicht mehr hörbar war. Nur das Knistern des Dochtes in der Lampe brach ein in die Stille der Kammer. Da löste Leuchte sich vom Lager des Königs, raffte geschwind die Bilder zusammen und wandte sich zu mir. Sie griff nach meiner Hand, mir bedeutend, daß wir den Raum verlassen sollten. Die Lampe des Herolds warf unsere Schatten in den langen Gang vor uns, während der Herold langsam hinter uns herging. Als wir den letzten Saal durchquerten, rief er uns an: »Man wird euch ein Lager bereiten und eurer Arbeit Raum geben. Kommt, ich werde euch geleiten.«

Mich verlangte zu rasten, um hernach mit ruhigem Gemüt das Vorgefallene zu bedenken. Doch Leuchte schien anderen Sinnes zu sein. Sie hatte das Bündel aufgeschnürt und begonnen, die dreizehn Bilder in einer bestimmten Reihenfolge auf einen Tisch auszubreiten. Wie beim Kartenspiel einer Patience legte sie gewissenhaft und behutsam Bild neben Bild, immer wieder das jeweilig zu legende Bild prüfend und zögernd, als ob sie einer vorherbestimmten Ordnung gehorchte. Als suche sie durch diese Aneinanderreihung der Bilder eine Legende, einen Ablauf von Ereignissen zu rekonstruieren, folgte sie, mit ihrem Zeigefinger die Bilder berührend, dieser Zusammenstellung. Die eiserne Lampe des Herolds stand auf dem Tisch und zeichnete ein Kreuz des Lichtes an die Wände des Turmgemachs. In ihre Tätigkeit vertieft, hatte Leuchte alles um sich herum vergessen. Noch immer suchte sie nach der rechten Ordnung; der Anfang einer Geschichte schien sich unterdes nicht zeigen zu wollen. Wiederholt schüttelte sie verneinend den Kopf und fing aufs neue an, die Bilder aufzureihen.

Das Licht eines frostigen Wintermorgens fiel spät und zögernd in unser Gemach. Langsam kroch es am Fußende des Bettes vorbei zum Tisch, der sich in der Mitte des Raumes befand. Übel gelaunt und verdrießlich war ich erwacht. Und da ich trotz der warmen Felldecken im Bette noch fror, blickte ich ängstlich nach Leuchte, welche über ihren Bildern eingeschlafen war. Wie mußte sie doch starr vor Kälte sein! Ich sprang aus dem Bett und eilte zu ihr. Doch zart und warm fühlten sich ihre Glieder an, ruhig ging ihr Atem. Die Bilder lagen in zwei Reihen vor ihr ausgebreitet. Während ich die Bilder in Gedanken versunken noch betrachtete, erwachte Leuchte und sah mich erwartungsvoll an. Auf die Reihen deutend, schien sie mir mit beredten Gesten eine Geschichte erzählen zu wollen. Da sie jedoch stumm war und ihr Gesicht maskenhaft leer, der Mimik nicht mächtig, vermochte ich, obwohl ich mich eifrig bemühte, nicht das Geringste begreifen. Während ich gedankenverloren auf die tief verschneite Ebene vor der Stadt hinabblickte, trat der Herold wieder ein.

»Wie Ihr euch erinnern mögt«, begann der Herold sogleich, »hat unser Herr einen Bericht gefordert. Wenn ich recht verstanden habe, verlangte er Auskunft über den Sinn dieser Bilder.« Dabei wies er auf die geordnet auf dem Tisch ausgebreiteten Bilder und meinte näher tretend: »Dieses hier zeigt ein Konterfei unseres Prinzen. Seine königliche Hoheit haben ihn sofort erkannt und mich soeben zu euch gesandt, um euch nochmals der Dringlichkeit dieses Auftrages zu versichern. Hier habe ich euch alles, was ihr dazu benötigt, Papier, Tinte und Schreibzeug, mitgebracht.« Mit diesen Worten übergab er mir eine Mappe, die das Besagte enthielt. Er fügte sodann, während er sich zum Gehen wandte, mit dringlicher Stimme hinzu: »Beeilt euch!« Dann verließ er rasch den Raum. Während ich ratlos dasaß und vergeblich über den Sinn dieser Ereignisse nachdachte, griff Leuchte nach dem Schreibzeug aus der Mappe, glättete das Papier und bedeutete mir, mit dem Schreiben zu beginnen. Als sie indessen meinen fragenden Augen ablas, daß ich nicht wußte, was ich schreiben sollte, wies sie auf die Gestalt des Prinzen. So brachte ich, wie in Trance, dem Anblick des Bildes gehorchend, das erste Wort Prinz zu Papier. Leuchte las es und nickte freudig bejahend mit dem Kopf. Sie schien gewiß, in den dreizehn Bildern das Schicksal des Prinzen erkannt zu haben. Dann schrieb ich weiter, von Leuchtes erregtem Eifer begleitet. So entstand, während draußen der Winter sein weißes Laken über die Stadt ausbreitete, in unserem Turmgemach die Fabel vom Prinzen und dessen Sehnsucht nach seiner Aura.

Nie zuvor hatte man den Frühling sehnlicher erwartet und seine heilende Kraft herbeigesehnt. In Stadt und Land gedachte man des alten Königs Orloge und erinnerte sich seines Leidens und auch seines Hoffens auf die Wiederkehr seines Sohnes Koronrod. So erwuchs der Prinz zum Symbol des ersehnten Frühlings. In diese innigen Erwartungen verstrickt, waren die letzten Seiten des Berichtes geschrieben worden. Die Märzsonne sandte zaghaft die ersten Zeichen ihrer nahenden Kraft, als ich den Herold bat, mich vor den König zu geleiten. »Vollendet ist mein Bericht. Gestattet, daß ich vor den König trete.«

In seinem Bette aufrecht sitzend, empfing mich mein König. Ruhig und gütig ruhten seine Augen auf mir. Kein Wort kam über seine Lippen, stumm nahm er das Geschriebene aus meiner Hand. Ein Neigen seines Kopfes entließ mich. Der König begann zu lesen.

Melusine

Es war ein wunderschöner Sommermorgen. Prinz Koronrod war gerade an seinem Lieblingsort, am steinernen Rand des Weihers im Schloßpark, angekommen, als das zarte Summen der Libellenkönigin an sein Ohr drang. Hier war es das erste Mal, daß der Prinz von der schönen, ja, wie die Libellenkönigin meinte, der schönsten Prinzessin auf dem Erdenrund, Aura, und von der Geschichte ihres schrecklichen Loses hörte. Er vernahm, daß sie, von einem Zauber gebannt, in der Gewalt der Prinzessin Sarba sich befinde, jener reichen und mächtigen Frau aus dem Morgenland, deren Ränken und magischen Wundern noch niemand sich hatte entziehen können. Koronrod war durch den Gesang der Libellenkönigin, aus dem er die Stimme seiner verstorbenen Mutter zu vernehmen meinte, bedrückt und nachdenklich geworden. Er saß nun am Ufer des kleinen Teiches und in seinem Geiste versuchte er, sich ein Bild von der Schönheit jener sagenhaften Prinzessin Aura zu machen. Sie war also schöner als alle Menschen, die er je erblickt hatte?

Koronrod, der das Schloß seines Vaters noch niemals verlassen hatte, wußte sehr wenig von der Welt und ihrem Wesen. Eine tiefe Traurigkeit überkam ihn daher, und er wurde unempfänglich für die Pracht des sommerlich sonnigen Morgens. Mein Gott, seufzte er, könnte ich doch, ach, der armen Aura helfen. Die Seerosen blickten in all ihrer Sanftmut und Unschuld zu ihm auf und vermochten nicht zu verstehen, warum des Prinzen Herz mit einem Male so schwer geworden war. Nur die Libellenkönigin wußte, wie das geschehen konnte. Sie umflog in immer enger werdenden Kreisen das Haupt des Prinzen und flüsterte ihm zu: »Brich auf und suche den Schatz.« Da stand unser Prinz nach einigem Zögern entschlossen auf und rief: »Ja, das will ich tun. Und du sollst mir dabei helfen.« Der Prinz schien mit einem Male unter den Einfluß eines neuen Sternes geraten zu sein. Noch hatte er ihn am Himmel seiner Seele nicht wissentlich entdeckt, doch verspürte er bereits seinen Einfluß. Bisher war es seine Freude gewesen, im Park des Schlosses spazierenzugehen, dem Gesang der Vögel zu lauschen und das Sprießen der vielen Blumen und Blüten zu betrachten. Wie verstört war er nun! Sein rotblondes Haar, das einer Krone gleich sein Haupt umgab, fiel nun beinahe wie ein Schleier über sein Gesicht.

Er hatte der Libellenkönigin sein Wort gegeben. War es da nicht selbstverständlich, daß er keine Ruhe fand und alle seine Gedanken in die unbekannte Ferne schweiften, jene beklagenswerte Prinzessin zu suchen? Also geschah es, daß Koronrod, als er des Nachts auf seinem Bette lag, die gewohnte Ruhe und den Schlaf

nicht finden konnte. Wie ein mahnendes Zeichen stand die Mondsichel am Himmel. Koronrods Gedanken waren unablässig bei Aura, die irgendwo in dieser weiten, ihm völlig fremden Welt auf ihre Erlösung wartete. Was nützt mir all die Pracht hier, dachte er, die Sorge und Sicherheit, mit der mein Vater mich umgibt, wenn doch mein Herz nicht ruhig sein kann und hinaus will in die Welt und ihre Gefahren. Weiß ich doch nun auch gewiß, daß ich Ruhe und Glückseligkeit allein bei Aura finden kann, weit entfernt von hier.

Während er auf diese Weise seinen Gedanken nachhing, vernahm er plötzlich vor seinem Fenster die Klänge einer Laute. Eine helle und kräftige Stimme sang dazu in Reimen, die von der weiten Welt und ihren Wundern erzählten. Dies könnte wohl ein fahrender Sänger sein, der eben zu später Stunde das Schloß erreicht hat, dachte der Prinz, stand von seinem Lager auf und trat ans Fenster. Da stand, vom blanken Mond beschienen, ein lustiger und farbenfroh gekleideter Bursche vor seinem Fenster und winkte ihm zu. Auf dem Kopfe trug er keck einen grünen Hut, den eine rote Feder zierte. Das Gewand des Jünglings war aus grünem und violettem Tuch. Seine ganze Erscheinung war von jener Art, die an Abenteuer und lustige Streiche gemahnt. So war es nicht verwunderlich, daß der Prinz begierig ward, den fahrenden Spielmann näher kennenzulernen. Koronrod eilte in den Garten und lud den Sänger ein, auf dem Schlosse ein wenig zu verweilen, um von den Ereignissen der Welt zu erzählen.

Wen wollte es erstaunen, daß der Prinz in seiner Ungeduld nicht länger als einen Augenblick zögerte, die brennende Frage vorzubringen: »Kennst du das schönste Mädchen des Erdenrunds, Aura, die einsam verbannte?« »Gemach, gemach«, sprach da der Sänger, »bin ich nicht Sagefroh und weiß ich nicht gar vieles? Also, warum gerade dies nicht, worüber doch in diesen Tagen alle zartbeherzten Geschöpfe klagen? So höre mir gut zu. Es ist nicht ohne Mühsal, zu Aura zu gelangen, denn voll von Gefahren ist der Weg. Auch wird Sarba, die Prinzessin der Asra, deren Eifersucht keine Grenzen kennt, keine Versuchung dir erlassen, um dich vom rechten Weg zu Aura abzubringen. Nur ein liebendes Wesen, das sich selbst ob der Sehnsucht vergißt, vermag Aura aus der Gefangenschaft zu lösen. Viele haben sich bereits vergeblich auf den Weg gemacht, sie zu finden.« »Auf denn«, rief Koronrod, »wir müssen eilen. Worauf warten wir noch? Laßt uns sogleich von hier fortziehen. Mich hält es hier nicht länger.«

»Ei, so ist es recht. Dies dünkt mir ein guter Anfang. Nur so wirst du zum Ziel gelangen«, rief Sagefroh aus, hing seine Laute um die Schulter, faßte Koronrod an der Hand, und ohne sich auch nur einmal noch umzuschauen, zogen beide alsdann frohen Muts dem Mond entgegen. Der Tau fiel sacht vom Himmel und glitzerte in abertausend Perlen auf ihrem Haar. Also wanderten sie zusammen, bis die erste Morgenröte das Erdenrund am Horizont erhellte. Der Prinz und der Sänger fühlten erst eine Müdigkeit, als die Sonne sich bereits erhob. Und doch vermochten sie an Ruhe und Schlaf nicht zu denken, während sie dem Jubel der Natur lauschten, der um sie herum nun ausbrach. Was für ein Gesang der Vogelscharen, ein Musizieren, Flirren, Surren und Summen der Insekten. Es deuchte ihnen, als wiege sich alle Schöpfung um das Rad der Sonne im Tanze. Da faßten Prinz und Sänger einander an der Hand und sangen dem Morgen ein Lied:

Aus Blumenkelch,
Aus Vogelkehle,
Aus welcher Seele nicht
Will Preis zu Gott
In Liebe und Gedicht.

Erst als sie an einen breiten Fluß gelangten und die Sonne sich schon hoch am Himmel befand, hielten sie Rast. Kurz, aber tief und erholsam war ihr Schlaf. Sie badeten im kühlen Wasser und nahmen das Nötige vom mitgeführten Imbiß zu sich. Dann sprach Sagefroh: »Siehst du den Strom und wie breit er ist? Hier müssen wir hinüber.« Auf der anderen Seite des Flusses betraten sie eine Ebene, deren sanfter Rasen von unzähligen Mohnblumen durchwirkt war. Auf diesem Teppich schritten sie der sich neigenden Sonne entgegen. Die Abenddämmerung breitete sich schon aus, als sie in der Nähe deutlich ein Jammern und Klagen vernahmen. Bald darauf bot sich ihren Augen ein schrecklicher Anblick dar. In einer Mulde, die zunächst ihren Augen verborgen geblieben war, erblickten sie ein wunderschönes Mädchen, das wie die zarteste

der Mohnblumen anzusehen war. Doch dieses Mädchen wurde von einem feuerspeienden Drachen bedroht. Ohne Zögern zog Koronrod seinen Degen und drang damit auf den Drachen ein. Doch der mächtige Schuppenpanzer des Ungeheuers ließ Hieb und Stich nicht in das Fleisch eindringen. Auch ließ der Drache sich nicht von seinem Opfer ablenken. Sagefroh erkannte die Aussichtslosigkeit dieses Kampfes bald und verschwand, um nach einer geeigneten Waffe Ausschau zu halten. Und in der Tat fand der Sänger auch bald, was er suchte. Er erblickte in der Erdhütte der Maid einen großen hohen Spiegel und stellte ihn geschwind hinter dem Rücken des verzweifelten Mädchens auf. Diesem rief er zu:

»Tritt zur Seite! Spring!« Da starrte wie vom Blitz gerührt der Drache auf sein plötzlich ihm sichtbar gewordenes Ebenbild, brüllte auf und zersprang mit Donnerschlägen in tausend Stücke. Die Trümmer seines Riesenleibes fielen auf den Rasen nieder, kunstvoll angeordnet in der Form köstlicher Kleinodien. Das Licht des aufgehenden Mondes funkelte auf Gold und Edelstein. Unterdessen war das schöne Mädchen in einen tiefen Schlaf gesunken, aus dem es weder Koronrod noch Sagefroh zu erwecken vermochten. Erst als die Sonne wieder aufging, öffnete das Mädchen die Augen und sprach: »Ich bin Mona. Ihr habt mich erlöst.

Die Schätze, die ihr hier seht, sind die Gaben, welche ich einst als Liebespfand von meinen Freiern gefordert habe. Einst war ich noch rein und verlangte nur um meiner selbst willen geliebt zu werden. Doch dann, weh mir, überkam mich die Bosheit, und ich wollte Zeichen der Zuneigung sehen. Sobald ein Jüngling um meine Hand anhielt, mußte er viele kostbare Geschenke bringen. So habe ich viele Junker verdorben und wurde doch keines Bewerbers Weib. Da geschah es eines Nachts, daß sich all meine Schätze in jenen scheußlichen Drachen, den ihr getötet habt, verwandelten. Dieser trieb alsbald zur Stadt mich hinaus. Auf diesem Feld, auf dem die Schönheit der Natur der meinen gleicht, mußte ich dann Tag um Tag die Gesellschaft dieses Ungeheuers, meiner Gier nach Geschmeiden, erdulden. Das war mein Fluch. Aus dessen Bann vermochte nur eine reine Seele mich zu erlösen.«

Mit diesen Worten bot sie Koronrod die Hand und fügte hinzu: »Diese Schätze gehören nun dir. Doch hab acht. Dein Herz soll nicht an ihnen hängen, wie das meine daran gehangen hat.« Noch ehe Koronrod etwas erwidern konnte, warf Sagefroh ein: »Ach Jungfrau, edles Kind, was soll ein fahrendes Volk wie wir mit solchen Dingen? Wir müssen weiterziehen. Leichten Fußes, schnell! Lebt wohl und laßt den nächsten Freier nicht so lange zappeln. Fordert keine Zeichen, es könnte sonst Euch leicht wieder ein solch gräßlicher Drache wachsen!« Koronrod verabschiedete sich artig und so zogen sie fort, querfeldein über die rotgeblumte Wiese.

Nach einem weiteren Stück Wegs, über Feld und Au, durch Wälder und entlang von Wassern, als die Sonne sich erneut zu neigen begann und ihre Strahlen rot wie Kupfer glänzten, trafen sie auf einen Jüngling. Dieser hantierte, im Grase sitzend, mit Pinsel und Farbe an einer Leinwand, die sauber aufgespannt war. Sorgsam setzte er darauf manch seltsam bunte Kreise. »He, Maler du,« rief Sagefroh, »was treibst du denn hier?« Der Maler antwortete: »Seiner Majestät des Königs Hofmaler bin ich und eben im Begriff, der Natur die Geheimnisse all ihrer Gestalten zu entreißen und abzubilden.« »Was soll das heißen?« wollte Koronrod wissen, »sollen diese bunten Kreise und Sterne hier gar etwa Blumen sein?« »Ach, seid Ihr doch ein Einfaltspinsel. Und just ein solcher ist's, der zum Malen nichts taugt,« erwiderte freundlich auflachend der Maler. »Habt Ihr denn nicht bemerkt, wie Zahl und Ordnung jeder Gestalt der Natur bestimmt ist? Seht hier die sechs an dieser Blüte. Schaut sie nur recht an. Ist sie nicht blau, so wie ich sie hier gezeichnet habe?« »Ja, es ist wahr, wie er sagt«, sprach nun auch Sagefroh. »Und doch, Ihr Kritiker, seht Ihr noch nicht ganz recht. Was immer Ihr hier unten schaut, ist nur ein Abbild von den himmlischen Gestalten.« »Meinst denn du, am Himmel wüchsen Blumen von dieser Art?« fragte ungläubig der Prinz. »Nichts weniger als dies wollt ich sagen. Jeder Stern dort oben im dunklen Blau ist eine Blume des Himmels. So zahlreich wie die Blumen auf dieser ganzen großen Welt, so zahlreich und bunt sind des Himmels Blumen, die Sterne«, entgegnete darauf der Maler.

Nachdenklich und ein wenig ermattet nickten die beiden Freunde. Es war inzwischen Nacht geworden, und die unzähligen Sterne am Himmel blinkten und glitzerten, als wollten sie die rätselhaften Worte des Malers erhellen. Ihrem Wunsch, sich zur Ruhe zu begeben, schien der Maler nicht entgegenkommen zu wollen, sondern begann angeregt, den beiden müden Wanderern die höchst wunderliche Art seiner Weltbetrachtung mitzuteilen. »Glaubt mir«, sprach er und wies mit ausholender Gebärde um sich, »der Schöpfer hatte weniger zu tun denn gar nichts, hat er doch alles aus dem Nichts geschaffen, alles also ohne den geringsten Widerstand. Ich bin gewiß, daß Gott ohne Schwierigkeiten die Welt erschaffen hat. Habt ihr je gehört, daß einem Liebenden auf dem Weg zu seiner Geliebten etwas schwer gefallen sei? Alles, was ihr um euch seht, ja selbst in euch, und alles, was ihr je sehen werdet, ist das Zeugnis einer unendlichen, über alle Anstrengungen erhabenen Liebeskraft.« »Liebe, ja, Liebe«, seufzte Koronrod, dem die Worte des Malers nahegegangen waren, »wenn ich doch nur wüßte, daß ich die, die ich liebe, je finden werde.« »Sagt, Wanderer, wer ist die Schöne, nach der Ihr Euch sehnt, und warum in der Welt ist sie so schwer zu finden, daß Ihr Euch so betrübt zeigt? Habt Ihr etwa Zweifel, sie zu finden?« Nun begann Sagefroh, dem Maler die Geschichte und das Ziel des Weges, auf dem sie sich befanden, mitzuteilen.

Nachdem Sagefroh diese Schilderung beendet hatte, rief ihnen der Maler lachend zu: »Freunde, ich kann euch helfen. Die Schöne, die ihr sucht, ich habe sie gemalt. Hört, was ich euch zu sagen habe.

Gewiß, das Los der Schönen ist schwer. Doch den Weg, den ihr gehen müßt, glaube ich gut zu kennen. Wie Schönheit der Schönheit gleicht, sind auch die Wege zu ihr, so viele es geben mag, einander ähnlich. Es sollte mich daher nicht überraschen, wenn, wahrscheinlich schon in naher Zukunft, jene fliegende Nixe euren Weg kreuzen würde. Sie ist auch mir dereinst begegnet, als ich mich mühte, Aura zu finden. Doch gebt acht, hört meinen Rat! Sie ist, wie Sarba, eifersüchtig und kann es nicht ertragen, wenn man ihr von der Schönheit Auras spricht. Sie wird euch gewiß verderben, wenn sie das Ziel eurer Reise erfährt. Hütet also eure Zunge.«

Als der Morgen dämmerte, sagte der Maler, der sich in der Nacht noch entschlossen hatte, gemeinsam mit dem Prinzen und dem Sänger Aura zu suchen: »Wenn die Sonne über den Horizont steigt, wird uns die schwebende Nixe erscheinen. Die Stunde der Nixe ist die frühe Morgenstunde, noch ehe der Tau von den Gräsern zur Sonne fliegt und bevor sich der Nebel von den Matten hebt. Sie ist von der Art des Narziß und in ihre eigene Schönheit verliebt, dann jedoch wieder im Zweifel, ob sie wirklich die Schönste sei. So eilt sie jeden Morgen, um Aura, noch ehe diese die Augen dem neuen Tage geöffnet hat, ins Antlitz zu schauen. Sol-

cherweise peinigt die Nixe, Melusine ist ihr Name, sich Tag für Tag. All die unzähligen Tröpfchen des Taues sind die Tränen ihrer Schmerzen.«

Während dieser Worte hatte sich die Sonne mit ihrem feurigen Rund über den Horizont erhoben. Ihre Strahlen weckten sanft die noch schlafenden Blüten und spielten sprühend und funkelnd in den Tropfen des Taues. Da dünkte es den dreien, als ob ein Rauschen vieler Rabenvögel zu vernehmen sei. Mit einem Male zog aus dem Dunkel des Himmels hinter ihnen ein seltsames, buntes Band, aus unzähligen farbigen Fäden geknüpft, über ihre Köpfe der Sonne entgegen. Eilends griff Sagefroh in die Saiten seiner Laute. Jedoch noch ehe er seine Lippen dem Sange öffnen konnte, lag, eingehüllt in einen kostbaren Teppich aus Seide, wie ihn schöner der Prinz im Schlosse seines Vaters nicht hätte finden können, eine Nixe vor den dreien im Grase. Geblendet gewahrten sie die überirdische Schönheit dieses Geschöpfs. »Wie seid Ihr doch schön«, flüsterte der Prinz. »Wie überaus schön ist dies Wesen!« rief Sagefroh. Alle drei starrten mit großen Augen auf die Nixe und wußten nicht, was zu sagen oder zu tun. Die Nixe aber blickte sie aus ihren hellen meergrünen Augen ruhig und unverwandt an, so als sehe sie durch die drei Jünglinge hindurch wie durch gläserne Tafeln.

»Auch ihr gefallt mir«, hauchte sie plötzlich, ohne daß einer der drei auch nur die geringste Bewegung ihres zarten Kindermundes hatte bemerken können. »Ach, nur einmal möchte ich deine Lippen küssen dürfen«, rief nun der Maler. »Lasse noch einmal mich deine Stimme hören«, sprach erregt Sagefroh. Koronrod aber jubelte: »Deinen Leib will ich sehen. Wie glänzt doch die Haut deiner Schultern lieblicher und seidiger noch als rosige Perlen!« »Wohin seid ihr des Wegs?« fragte, den Eifer der Jünglinge unterbrechend, die Nixe nun. »Bei dir nur wollen wir sein. Zu dir waren wir auf dem Weg.« Wie aus einem Munde kam die Antwort. Und in der Tat: sie hatten beim Anblick dieser betörenden Gestalt vergessen, wen zu finden und erlösen sie ausgezogen waren.

»Wenn das denn zutrifft«, lächelte zart die Nixe, »so will ich euch gerne einladen zu mir. Fragt aber weder nach meinem Weg noch nach meinem Ziel.« Dabei schlug sie den Teppich, auf dem sie lag, auseinander und lud die drei Freunde ein, Platz darauf zu nehmen. Wie waren die drei nun erstaunt, als sie den schlanken, nackten Leib der Nixe erblickten. Die zarten Brüste waren nur wenig größer als die Blüten der wilden Heckenrose. Von den Hüften abwärts wurde das Rosa ihrer samtzarten Haut zum Blau des Türkis. Dann verwandelte sich die Farbe zu einem tiefen Azurblau und Violett; ihre Haut bedeckte dort ein Geflecht von vielen Schuppen. Haar und Leib glitzerten sprühend in der Morgensonne. Der zierliche Körper der Nixe erstrahlte im goldenen Licht. Die drei Freunde waren wie berauscht. Nur zögernd, ja beinahe ängstlich nahmen sie neben der Nixe auf dem Teppich Platz.

Kaum aber hatten sie sich neben der Nixe niedergelassen, da hob sich wie mit mächtigem Schwingenschlag der Teppich in die Lüfte. Von den Staunensrufen der drei begleitet, vollzog sich die seltsame Entführung. Hei, da ging es zum Himmel hinauf, dorthin, wo es ganz dunkelblau wird und wo kein Wölkchen sich mehr sehen läßt. Als Koronrod zur Erde blickte, war er vor ängstlicher Beklommenheit wie gelähmt. Wie winzig schienen doch all die riesigen Bäume des Waldes nun, ja selbst die höchsten, schneebedeckten Gipfel der Gebirge waren tief unter ihnen als kleine weiße Hütchen zu sehen. Plötzlich rief der Maler aus: »Seht, das alles kenne ich und hab ich schon gesehen und gemalt.« »Ach, bist du denn schon einmal mein Gast gewesen?« fragte da die Nixe, und eine kleine Falte der Nachdenklichkeit glitt über ihre Stirn, »bist du nicht gar der Maler, den ich unlängst hin zu Aura brachte? Was ist es, sagt mir doch, was euch alle stets so mächtig zu Aura zieht? Ja, welch ein Zwang ist es, der auch mich Morgen für Morgen treibt, ihr Antlitz zu schauen?« »Mir ist zumute«, sprach der Maler mit gefaßter Stimme, »als könnte ich von nun an nur noch dich lieben und nicht mehr ohne dich sein.« Der Maler verstand tatsächlich nicht mehr, wie es geschah, daß er ein Geschöpf wie diese liebliche und zartfühlende Nixe, deren Kummer ihn zu Tränen rühren konnte, von Aura geblendet, verkannt und übersehen hatte. Da seufzte die Nixe: »Liebe? Was ist das?« In ihren meergrünen Augen glänzten die Perlen zweier großer Tränen.

Währenddessen waren sie tief in die Schlucht eines finsteren Gebirges geglitten und stracks auf ein Häuschen zugeflogen, das

ganz aus schwarzem Holz erbaut und mit dicken Schollen aus Moospelz überdacht war. Mächtige Tannen neigten sich wie bärtige Riesenknechte über das Häuschen, vor dessen Tür die Nixe den Teppich niedergleiten ließ. Die Schlucht erschien als ein schauerlicher Ort. Wärmende Strahlen der Sonne waren noch niemals hierher gelangt. Moos und Pilze bedeckten den Boden. Überall brachen kleine Bächlein eisigen Wassers hervor und sammelten sich am Grunde der Schlucht, hinter dem Haus, zu einem tiefen See. Dieser starrte wie ein schwarzes Auge feindlich in den Himmel, der durch den dichten Tann hindurchblinkte. »Was willst du hier, sag an?« fragte Koronrod, als er bemerkte, wie auch dem Maler dieser Ort unheimlich wurde, erschrocken die Nixe. »Meine Ziehmutter lebt hier«, entgegnete Melusine. »Kemisarte, Kemisarte!« rief nun die Nixe mit ihrer gläsern hellen Stimme. Und wie ein Echo klang es alsbald zurück aus dem Häuschen: »Mein Engelchen, mein künstlich Engelchen. Ich eil' ja schon!« Gleich darauf öffnete sich knarrend die Tür des Häuschens, und ein benaster Buckel kam langsam zum Vorschein, eine uralte Hexe.

Es gibt nun Hexen, welche von Menschenfleisch sich ernähren, andere, welche den Teufel anbeten, und solche, die glauben, ewig

auf Erden leben zu können. Diese werden in der Tat uralt, sie können und wollen nicht sterben. Eine andere Art von Hexen hingegen ist von altersher den Menschenkindern wohlgesonnen. Diese Hexen besitzen alle eine Lieblingskatze, die ständig auf ihrer linken, höckrigen Schulter lauert. Diese Katzen vermögen alle den Menschen verborgenen Wesen, die Zwerge, Feen und die Geister der Toten zu sehen. Selbst die Dämonen und gar den Erlkönig samt seinen Töchtern mit den karottenroten Haaren können diese wissenden Tiere erblicken. Durch Schnurren, Buckel machen, allerlei Zuckungen, Ringeln, auch Heben und Senken, Einziehen und Strecken des Schwanzes, durch zartes und heftiges Miauen, je nachdem, welches Geistes Nahen sie gerade anzeigen wollen, teilen sie ihrem Hexenfrauchen mit, was diese ansonst, taub und halbblind wie sie ist, nicht erfahren könnte. Da möchte man gar von einem Katzenseelenhexchen sprechen und von einem Kratzhaxhexbuckel.

Die Katze dieser Hexe Kemisarte hieß Malmelusch und war eine Urenkelin der berühmten Katze Malmetot, welche ihrerseits in direkter Linie von der ägyptischen Tempelkatzengöttin Erat Reh abstammte. Kemisarte war einst im alten Ägypten eine Prinzessin gewesen. Weil jedoch in ihrem Herzen keine Liebe zu einem Menschenwesen entspringen konnte, hatte sie sich der Katzengöttin geweiht und ihr als Priesterin gedient. Jetzt aber tat Kemisarte den ganzen lieben Tag nichts anderes als Kräuter und Pilze, die in der lichtarmen Schlucht wuchsen, zu sammeln, zu sieden und zu seihen. In ihrer Hütte befanden sich unzählige Töpfe, Tiegel, Flaschen und Kessel. Von unterschiedlicher Art war ihr Gebräu und selbst das Elixier des Lebens wußte sie zu bereiten. Geradezu berühmt war Kemisarte in der Kunst, allerlei trinkbare Medizin zuzubereiten. In den Jahren ihrer Jugend sind diese Hexen zuweilen von einer großen Traurigkeit befallen und leiden unter rätselhaften Krankheiten, die niemand zu kurieren vermag. Es wird berichtet, daß manch eine Hexe sich noch vor dem Erblühen ihrer Schönheit selbst getötet hat. Werden die Hexen dann älter, erreichen sie nach ihrer melancholischen Jugend eine menschenfreundliche Zeit der Reife, in der es ihnen möglich wird, all jene Krankheiten, an denen sie selbst gelitten haben, zu heilen. Dann bieten sie ihre Dienste den Menschen an, verlangen jedoch als Lohn für ihre Kunst, daß man ihnen kleine Kinder schenke, da sie selbst kinderlos bleiben müssen. Diese Kinder werden von den Hexen überschwenglich und innig geliebt. Kemisartes Ziehkind, die schwebende Nixe Melusine, war die Tochter eines mächtigen Nöcks, zu Hause in Norwegens finsteren Fjorden, und wurde von diesem, da die Nixenmutter bei der Geburt des Kindes verstarb, nicht sonderlich geliebt. Als der Nöck nach der Geburt seiner Tochter bemerkte, daß diese die Milch anderer Nixen nicht annehmen wollte, ließ er das Kind auf dem Rücken eines schlafenden Delphins aussetzen. Von diesem ward es an die Küste Alexandriens getragen. Kemisarte, welche damals, vor vielen hundert Jahren, dort als junge Priesterin weilte, fand eines Tages das winzige Nixenkind am Meeresstrand. Sie nahm es zu sich und zog es auf, indem sie ihm die Milch der Ziege zu trinken gab. Dann unterrichtete sie das Kind in aller Kunst der Hexerei.

»Mein Engelchen«, murmelte die Hexe mit heiserer, aber weicher und leiser Stimme, »wie habe ich dich sehnlichst erwartet! Wie konntest du deine Mutter nur so lange alleine lassen. Weißt du denn nicht, daß du das Einzige bist auf Erden, woran mein Herz hängt?« Während sie redete, pendelte ihr zierlicher Kopf von einer Schulter zur anderen. »Komm, Melusinchen, und gib deiner Mutter einen Kuß!« Als nun Melusine in den Armen ihrer Mutter lag, einem kleinen lieblichen Säugling nicht unähnlich, als sie die Alte küßte und herzte, wie artige und dankbare Kinder es tun, da waren die drei Jünglinge von diesem Ausdruck echter Freude und Liebe sehr ergriffen. Also schämten sie sich ein wenig ihres bloßen Dabeistehens wie Gaffer, wenn diese beim Gaffen sich ertappen und doch nicht davon loslösen können.

»Hier sind drei Freunde, Mutter, die mir ihr Geleit angeboten haben und mir so ergeben sind, daß sie überallhin mich zu begleiten geschworen haben.« Melusines kleiner Finger der linken Hand zeigte auf jeden der drei, so als sollte jede der drei Nasen einen zarten Stüber erhalten. Dann fuhr sie fort: »Dies hier ist ein Maler. Jener dort Koronrod, ein Prinz. Dieser aber, Mutter, ist ein Sänger, das wird dich ganz besonders freuen!« »Ach Engelchen,« entgegnete die Hexe Kemisarte, »warum denn bist du so viele Wochen nicht mehr bei mir eingekehrt? Hast du denn deine Mutter ganz vergessen? Du ahnst ja nicht, wie finster und kalt, wie totenschwarz hier alles wird, wenn du so lange Zeit fern bleibst.« Es war in der Tat so, wie die Alte sagte. Unsere drei Freunde bemerkten es ganz deutlich: heller war plötzlich alles geworden und wärmer. Die Sonne stand nun schräg über der Schlucht und sandte ihre Strahlen in gleißenden Bündeln wie Pfeile durch den dichten Tann bis auf das schwarze Auge des Sees am Grund, welches zu glitzern und zu funkeln begann. Alsbald erscholl fröhlicher Vogelgesang, und der Duft von goldenem Harz, Moos und Pilzen würzte betäubend die Luft.

Mit freundlicher Geste lud nun Kemisarte ihre Gäste in ihr Häuschen ein. »Ruht euch aus, ihr Lieben. Ihr sollt es nicht bereuen, den weiten Weg hierher gemacht zu haben. Melusinchen aber soll mir behilflich sein, euch so zu erquicken, daß ihr es gewiß nie vergessen werdet.« Alle betraten die Hütte. Die Hexe und ihre Nixentochter begannen sogleich mit ihren Vorbereitungen und bald erklang das Klappern der Töpfe als vielstimmiges Glockenspiel durchs Häuschen. Unterdessen sahen die drei sich um und staunten ob all des wunderlichen Hausrats. Da standen, aus Hirschgeweih gezimmert, zierliche Stühlchen umher, und von den Schränken, die wie Körbe aus bizarrem Wurzelwerk geflochten waren, blickten, sorgsam präpariert, die ausgefallensten Exemplare der nachtschwärmenden Tier- und Vogelwelt herab. Von allem, was es an Eulen und Fledermäusen geben mag, war hier das Prächtigste versammelt. So zahlreich war dieses Getier, daß es auch noch von der niedrigen Decke hing. Immer wieder stieß einer der drei mit der Nase daran und erschrak mächtig darob. Doch bald lachten alle wieder fröhlich und hatten ihren Spaß an den Seltsamkeiten der Alten. Als sie zu Tisch gerufen wurden, fühlten sie sich bereits wie zu Hause. Und wie es ans Essen ging und sie zu fünfen gesellig um den hölzernen Tisch in der Küche saßen, war auch der letzte Rest von Bangigkeit aus ihren Herzen geschwunden, und frohen Sinns labte man sich an den aufgetischten Speisen.

Lassen wir nun die Tafelrunde ruhig weiterschmatzen und sehen uns das seltsame Haus ein wenig näher an, ehe wir zur Hexe Kemisarte und ihren Gästen zurückkehren. Ob wir sie dann auch noch so unbeschwert und wohlgelaunt wiederfinden werden?

An der Wand entlang hingen an Schnüren befestigt, nach Händen, Beinen, Füßen und Köpfen fein geordnet, unzählige kleine vertrocknete, fachkundig abgetrennte, gedörrte und geräucherte Gliedmaßen und bildeten einen schaurig stummen Reigen. Es war dies eine riesige Sammlung von Kindermumien, so wie sie kein Schreckensmuseum der Erde hätte zahlreicher vorweisen können. Sie war den Blicken unserer Freunde entgangen, weil alles mit einer dicken Staubschicht bedeckt war und gar so leb- und seelenlos an Schnüren, Därmen oder Haarsträhnen hing. Daneben bedeckten kleine Bilder die Wände, wie sie Koronrod gewiß nie in seines Vaters Gemäldegalerie hätte finden können. Hundeköpfige Weiber hockten zusammen mit bocksbeinigen, teuflisch grinsenden Männern auf fliegenden Besen. Oder man bemerkte ein feistes Weib mit fünf Brüsten, die, von Schlangen umwunden, wie eine Säule reglos dastand. Auch gab es da mancherlei Porträts, meist Bildnisse junger rothaariger Mädchen, die mit Rätselblicken aus grünem Augenpaar starr in die Stube der Hexe blickten, so als sähen sie leibhaftig aus dem Bilderrahmen wie durch ein Fenster in eine andere, ewig traurige Welt hinein. Diese Bildnisse waren so vortrefflich und genau gemalt, daß man hätte meinen mögen, sie atmeten. Es hatte den Anschein, als ginge eine Flüstern von ihren Lippen und als folgten ihre Augen dem Betrachter überallhin, wo immer er sich befand.

Unter den Schränken wie auch in den Ecken der Kammer bemerkte man überall, von Spinnweben und Staub dicht bedeckt, Schalen und Krüge, meist blau glasiert, voll mit Eiern verschiedener Größen, sowie größere Bündel aller Art getrockneter Schlangen, Kröten und Molche. Unübersehbar war eine Reihe wuchtiger Gläser auf einer Kommode aufgereiht. In jedem schwamm inmitten einer wasserklaren gelben Flüssigkeit ein Herz in pumpend gleichmäßiger Bewegung und jedes schlug ganz so, als ob es lebte. In den Kästen stapelten sich alle Kräuter und Mineralien, die es überhaupt zu finden gibt, auch Bücher, Pergamentrollen und Tafeln, kurz alles, was man zum Studium und zur Herstellung von Tränken und Medizinen braucht. Ganz gewiß wird niemand glauben, daß ein Mensch so viele Dinge sammeln kann, es sei denn, er lebe viele tausend Jahre. Je länger man sich in dem Häuschen umsah, desto größer wurde die Zahl und Vielfalt der Dinge, die man entdeckte.

Inzwischen waren Koronrod, Sagefroh und der Maler in einen Zustand fliegender Gefühle geraten. Sie benahmen sich rasend und närrisch, sie tobten, stammelten, röchelten, verdrehten die Augen und wälzten sich auf dem Boden und unter dem Tische. Es schien, als hätten sie Schmerzen. Dann aber saßen sie wieder ruhig da und lächelten seltsam. Die Hexe Kemisarte hatte ihnen nämlich eine kräftige Suppe aus allerlei seltenen Pilzen vorgesetzt. Diese Suppe mundete den dreien denn auch ausgezeichnet. Einer nach dem anderen und auch gleichzeitig hielten alle drei sie für die beste, die sie je gekostet hatten. Wie recht sie damit hatten!

»Also, meine lieben Freunde«, krächzte Kemisarte, »so langt halt brav zu. Fürchtet euch nicht allzusehr, wenn euch bald die Äuglein auf oder gar übergehen.« Trallallallalla dröhnte da aus vollem Halse und zwischen den Bissen im kauenden Mund hindurch der lustige Sagefroh. Immer munterer wurde die Gesellschaft, bis endlich, als sie zum Abschluß des Mahls noch zwei Schlangen und ein jeder einen grünen Salamander verzehrt hatten, alle grölend und schnaubend zu Boden sanken. Selbst Kemisarte war wie von Sinnen: »Ei, Kinderchen, so ist's recht. Spaß muß sein!« lallte sie ununterbrochen, wobei sie ihren Kopf im Takte wiegte. Er schwankte auf ihrem dürren Hals wie ein alter Türke im Sattel seines Kamels.

Die Krämpfe und Zuckungen, welche die Gäste befallen hatten, waren indessen keinesfalls schmerzhaft. Sie waren eher von der Art und Weise, wie sie manche Braut in der Hochzeitsnacht empfindet. Melusine hatte sich mitten zwischen den Töpfen, Tassen und Tellern auf dem Tisch niedergelassen. Da thronte sie nun inmitten aller Speisereste und blickte belustigt und aufmerksam aus ihren meergrünen Augen auf die toll gewordene Gesellschaft. Sie wiegte ihr Köpfchen in der aufgestützten Hand und sang wie ein Vogel trällernd ein wortloses Lied. Sagefroh, der rasch zur Laute gegriffen hatte, begleitete nun Melusines Gesang mit lieblich klingenden Akkorden. Ganz versunken ließ er sich geleiten von dieser für ihn so neuen, fremdartigen Musik. Immer wieder blickte er, sich von Melusines Anblick nur zögernd lösend, auf seine Hände, wie diese auf ungewohnte und wagemutige Weise in die Saiten griffen, so als wollte er sich im Gedächtnis alle Geheimnisse dieser Töne tief einprägen. Gleich dem Sänger fühlten sich plötzlich auch

Koronrod und der Maler eingewebt von unzähligen silbrigen Seidenfäden, die von Melusine ausgingen, so als spinne jede Pore ihrer Haut einen solchen strahlenden Faden. Als Statuen geronnenen Staunens hockten die beiden Freunde neben dem Sänger auf dem Boden und blickten auf das Wesen Melusine, wie Hasen gebannt vom Anblick der Schlange. So glitten sie gemeinsam in die Tiefe der nixischen Anmut.

Denn anmutiger als irgendein Menschentöchterlein wiegte Melusine ihr Köpfchen zum Klange und Takte des Liedes. Ihr Leib wand sich lustvoll und unschuldig im Tanze, gleich einem Säugling in den Armen der Mutter. Ihre wassergrünen Augen sandten durch die tief gesenkten Lider wie aufgehende Sonnen über und unter dem Horizont ihre silbern funkelnden Strahlen. Sie sah in den muschelfarbenen Himmel der Venus, dorthin, wo der riesige korallenfarbene Phallus glänzt, und dann wieder drang ihr Blick sehnsuchtsvoll und liebeshungrig in die Augen der drei Freunde. Melusines Leib wurde in diesem Moment den Augen des trunkenen Trios durchsichtig, ganz und gar schimmernd wie Edelgestein. Er glänzte sprühend und glitzerte wie ein Diamant. Ihre Brüste wölbten sich vor wie in Rosenquarz gegossen, gar fein poliert. Und ihr Herz schlug sichtbar zwischen diesen Brüsten. Regenbogenfarbene Ströme ihres weinroten Blutes pulsierten wie flüchtende kleine Schlangen von diesem Herzen hinweg und vermehrten sich, um in Unzahl dann wieder auf die pochende Mitte zurückzueilen und darin zu verschwinden. Jede dieser zarten Schlangen schien aus unzähligen Perlen zusammengesetzt. Dann wieder schien Melusines Leib durchwogt vom kochenden Gelb des zähflüssigen, schweren Honigs. Ihr Goldhaar stand knisternd aufgerichtet um ihr Gesicht, kunstvoller geformt und glänzender als aller Erdenprinzessinnen Diademe es je hätten tun können. Um das Becken war Melusines Körper ausladend breit, ihre Hüften waren schmal wie die der Mädchen, welche noch mit Puppen spielen. Dort in der Gegend des Beckens brauste und brodelte es von gewaltiger Erregung im Leibe der Nixe. Die drei Freunde verfolgten mit atemloser Aufmerksamkeit dies köstliche Schauspiel und ließen keinen Blick von Melusine, dem Wesen aus dem Wasser. Unter der schimmernden Haut der Nixe war deutlich das vielschichtige Geflecht der Muskelfasern ihres Fleisches zu sehen. Wie es sich dehnte, straffte, ballte und reckte, während sie sang. Denn sie sang aus Leibeskräften, ja, im wahrsten Sinne dieses Wortes erklang sie aus dem geheimnisvollen Zentrum ihres ganzen Leibes und offenbarte so den dreien ihre eigenartige Herkunft.

Jenen unter den Lesern, die schon das Glück hatten zu erfahren, wie das Verlangen nach einer Durchdringung des grauen Stars der Gewohnheit, welcher das zum Schauen berufene Auge fast jeden Verehrers einer Geliebten verdunkelt, beflügeln kann, so daß die verhüllenden Schleier sich heben, die trübenden Nebel nach und nach das in gewohnter Natur sich darbietende geliebte Wesen freigeben und dieses sich dann als ein unbegreifliches Geheimnis offenbart, ja, wahrhaftig, jenen ist es vertraut, wie die Liebe selbst die Hüllen von unserem Auge entfernt. Auf diese Weise wird dem blind und stumpf gewordenen Auge von Amors scharfer Pfeilspitze selbst der Star gestochen. In diesem Augenblick aber kann es geschehen, daß sich das Nackte in Blößen darbietet, die schwer zu ertragen sind. Aus ihnen schreckt uns das Nackte wie ein tödlicher Blick des schaffenden Gottes in unser müde gewordenes, vorurteilsvolles Auge. Es scheint, als verhülle sich das Auge bereits in den Tagen der endenden Kindheit. Dann greift die Hand nicht mehr ohne Zögern nach der Schnecke, dem Molch und der Kröte, wie einstmals zuvor gelenkt vom schönheitstrunkenen Auge des Kindes, das keinen Ekel kennt. Die riesigen Rosenfenster himmlischer Glasfärberkunst drehen sich noch in der Kathedrale des kindlichen Auges. Dort herrscht noch keine Finsternis: klar, licht und erkennend blickt dieses Auge in die Schöpfung. Sind diese Tage dann vorüber, empfindet unser Blick bald Ekel vor so manchem Wesen, das wir einst geliebt haben, und eine Scheu vor allem Nackten schlägt uns in Bann. Vergeblich suchen wir dann die unschuldige Lust des kindlichen Spiels mit dem Bloßen, dem glänzenden Gekröse, den Eingeweiden, welche erstmals unter den Poren der Haut sichtbar wurden. Dann hören wir auf, mit den nackten, gleißenden Eingeweiden, mit dem roten Rubin des Fleisches und dem alliebenden Herzen des Gottes Eros zu spielen. Dann drängt es uns zu rufen: Entschwinde nicht, Heiliger! Öffne uns! Mach uns sehend! Rufe uns zu deinem Spiel!

Doch Geduld, bald seid auch ihr vereint mit den drei Freunden und werdet ihr Erkennen und Entzücken teilen. Die Kochkunst Kemisartens hatte nämlich bewirkt, daß alle Furcht, Dumpfheit und Hemmung sie verlassen hatten. Als die Krämpfe, die dieser Wechsel zunächst verursachte, vorüber waren, erfüllte sie eine allumfassende Heiterkeit. Die Sehkraft der Kindheit war ihnen samt dem ehrfürchtigen Staunen wiedergegeben. So umringten sie Melusine wie ein Geschmeide der Liebe, dessen drei Glieder, ein jedes aufgerichtet als ein von den goldenen Pfeilen des Amors durchbohrter Märtyrer der Venus, dem heiligen Sebastian nicht unähnlich, sie anstarrten. Der Gesang Melusinens schwang hinüber in eine höhere, der menschlichen Stimme nicht mehr erreichbare Lage. Die Koloraturen, die Triolen und Arabesken ihres Liedes waren für die Ohren der drei Freunde nicht mehr hörbar, sondern sanken unmittelbar als eine Erregung ein in ihr Gefühl.

Der Sänger ließ, von Verzückung starr, seine Laute sinken, als Melusine sich, auf das schimmernde Türkis ihres Unterleibes gestützt, erhob und wie eine vom Gesang einer Flöte betörte Schlange zu tanzen begann. Die drei waren aufgesprungen und schwangen im Tanze mit. Gleich dem Treiben der rasenden Derwische war dies Schauspiel anzusehen. Wie der Schwanzschlag des Aales die Algen im Seegrund fegt, so peitschte Melusine das Tafelgeschirr vom Tisch. Ihre Arme und Hände zuckten wie die betenden Gliedmaßen einer indischen Gottheit. Das Innere des Häuschens hatte sich unmerklich verwandelt und glich nun dem Innern eines Tempels, dessen Säulenzahl kaum zu erfassen war. Ein mächtiges Gewoge durch den Kristall gebrochenen Lichtes durchbebte das Haus und zauberte unendlich weitläufige Tempelhallen um das durchsichtige Bild Melusinens, als hätte sich die Luft in funkelndes Wasser und Schwaden eines opalinen Plasmas gewandelt. Von blühenden Algen umwunden, eingetaucht in die glitzernden Tiefen eines Lichtmeeres, dessen Ufer ein himmelstrebendes Tempelgebirge bildete, waren unsere Freunde Wesen eines anderen Raumes geworden. Die alte, graue Welt, die zuweilen auch Blüten treiben konnte und die bisher ihre Heimat gewesen war, hatte sie, ohne auch nur einen Schatten der Erinnerung in ihrem Bewußtsein zurückzulassen, freigegeben und schwerelos gemacht. Sie fühlten sich schweben, fliegen, selig gleiten wie die Elfen und Genien der goldgebauten Vorzeit.

Während Melusines Tanz hatte Kemisartes Aussehen sich verwandelt. Eine Schönheit von ganz anderer Art als die der Nixe wurde an ihr sichtbar. Der Maler, der bis dahin nur Augen für Melusinens Bewegungen hatte, starrte nun gebannt nach Kemisarte. Dieses Weib thronte den Freunden gegenüber wie eine riesenhafte, prächtig sich aufblasende, goldene Kröte. In ihren talergroßen, gelben Augen schimmerte das Licht einer rasend rauschenden Welt wie der helle Wein im grünen Römerglas. Ihr Bukkel, den sie wie die Weltkugel trug, hatte sich zu einem massigen, straffen Höcker kernigen Fettes gemausert, wie ihn das Dromedar nicht besser vorweisen kann. Der Artemis' Monsterbrüste quollen von ihren üppigen Schultern hernieder bis zum Nabel, der als eine tief ins Innere der Gedärme reichende Grotte, zwischen prallen Fettwülsten ihres Bauches eingebettet, sich öffnete und wieder verschloß, je nach dem Heben und Senken ihres Atems. Ein unaufhörliches, lautloses Lachen schüttelte Kemisartes Leib und machte die schweren Schichten des Fettes, in die ihr Leib gekleidet war, erzittern. Ihre schneeweiße Haut, mit großen orangeroten Sommersprossen bedeckt, wirkte seidig jung wie das Fell eines neugeborenen Kalbes. Kemisarte hatte die Statur eines gigantischen Riesenweibes angenommen und thronte da, von ihrem lautlosen Gelächter durchbebt, als die edelste, die rundeste, die warzenreichste, buckelüppigste und eingefaltetste der menschlichen Riesenkröten. So war sie eine jener bacchantischen, trunkenen Fettwänste, ein Saufkumpan der Silenen. Jeder bocksbeinige Galan hätte mit Wonne sein Fellchen an ihrem feisten Steiß gerieben.

»Nun, Malerchen«, rief da Kemisarte, »jetzt gehen dir die Augen über. Hab' ich dir's doch gesagt.« Bald hielt die Hexe den Maler umschlungen, und dieser versank in den klaffenden Schluchten ihres mächtigen Leibes.

»Male mich, wie ich da bin«, lachte sie los, »und du wirst sehen, wie die Kenner der Kunst, welche, ohne die Augen aufzutun, an allen Bildern vorbeilaufen, staunen werden über deine Kunst. Alle Menschen, wie du selbst auch, haben vergessen, wie wir Monstren beschaffen sind. Ich, Kemisarte, samt all meinen Schlangen, zeige dir die andere Seite, die andere Seite des Bildes, wieder.« Kemisarte hielt den Maler wiegend umfangen. Wie eine Vogelmutter, die mit ihren Flügeln ihre Jungen bedeckt, wuchs sie allmählich zu einem großen Geier; brütend deckte sie den Maler förmlich zu.

Plötzlich war es still geworden. Ein tiefblaues Licht dämmerte mit dem Schwinden des Gesangs herauf und in die einbrechende Dunkelheit erhob sich lautlos schwebend Melusine. Unter der Iris ihrer Augen glommen Tränen wie die ersten Sterne am Abendhimmel in ihrem Schimmer. Ihr Leib war wieder undurchsichtig geworden. Gleich der Forelle im Bach, wieder umflort vom Grau der Alltäglichkeit, floh sie nackt in das Dunkel, welches sich über den Häuptern der drei ausbreitete. »Melusine, Geliebte, halt ein«, riefen da der Prinz und der Sänger, indem sie hastig aufsprangen, um sie zurückzuhalten. Doch das blaue Licht über ihnen war von den Tempelwänden abgeblättert und über sie hereingebrochen und hatte sie und das Meer der blühenden Algen ausgelöscht. Gleich einem dunklen Umhang, welcher Leib und Glieder verbirgt, hielt der nächtliche Himmel die Nixe verborgen. Nur das Augenpaar Melusines, das wehmütig klagend gen Himmel blickte, blieb ihnen sichtbar. Ein Schluchzen und Seufzen drang wie aus einer unüberbrückbaren Ferne an das Ohr der Freunde.

Die Strahlen der aufgehenden Sonne des nächsten Tages malten mit zögernden Fingern auf die Tischplatte, das Ruhekissen der schlafenden Freunde. Keiner der Schläfer wollte indes erwachen. Da endlich erhob Koronrod, dem der Gesang der Nixe von ferne her, die Tiefe des styxischen Flusses durchquerend, noch hörbar war, den Kopf. Nun bemerkte er, daß die Sonne, ein wenig zitternd vor Ungeduld ob der Tiefe der Schlucht, diesen Morgen später als sonst anzeigte. Auch sah er, wie auf der breiten Bank an der anderen Seite des Tisches, umschlungen von den feisten Armen Kemisartes, der Maler noch in tiefem Schlafe ruhte. Nichts wie fort von hier, dachte der Prinz. Der in der Ferne verhallenden Stimme Melusinens folgend, eilte er aus dem Haus.

Draußen horchte Koronrod in den Schwall der Vogelstimmen, der den Gesang der Nixe aus ihm löste wie das Fruchtfleisch aus einer Schale. So lief er hinter das Hexenhaus und blickte gebannt hinab auf den Spiegel des Sees in der Tiefe der Schlucht. Dort in der Mitte des Wassers, lieblicher als jede Seerose und doch alle Seerosen dieser Welt in sich verkörpernd, schwamm fröhlich sin-

gend, das Wasser in hohen Kaskaden um sich herum verspritzend, Melusine.

Koronrod hastete stolpernd die Böschung hinab und ließ sich, verborgen von den Weidenzweigen, die sich in dichten Bogen über das Seeufer neigten, nieder. Ihn drängte es, sich bemerkbar zu machen, doch er fürchtete gleichzeitig, daß Melusine, so wie zuvor, plötzlich wieder verschwinden könnte. Währenddessen dachte er, wie doch das Auge die Seele widerspiegelt. Ist das Auge offen, dann ist auch die Seele geöffnet. Dann ist die Welt völlig verwandelt. Jetzt sehe ich. Gestern war ich noch blind. Ach, wenn es doch so bliebe. Solchen und ähnlichen Gedanken hing der Prinz nach, während er dem fröhlichen Wasserspiel der Nixe mit seinen Blicken folgte. Da hörte er auf einmal Schritte hinter sich. Gleich darauf stieg knapp neben ihm der Maler hinab zum See. »Melusine, Melusine«, rief er laut und eindringlich. Doch diese hörte ihn nicht. Sie sang jetzt noch lauter, dem Gesang der Vögel immer ähnlicher. Von den Hängen der Schlucht hallte es wider. Unterdessen war der Maler wie ohnmächtig niedergesunken und verstummt. Da geschah es, daß Melusine mit flinken Wendungen ihres Nixenleibes zu ihm schwamm, ans Ufer sprang und in seinen Locken kraulte. »Ich habe deine Tränen gesehen im Traum«, stammelte der Maler, »meinem Himmel sind alle Sterne die Tränenperlen deiner Augen. Dein Schmerz hat sie hervorgebracht. Jetzt weiß ich, daß ich dich liebe.«

Melusine glitt zurück in den See und schwamm hinweg vom Ufer. Von der Mitte des Sees aus hob sie ihr winziges Köpfchen, das nun einer Wasserlilie zu gleichen schien: »Komm zu mir in den See, wenn du mich liebst. In der Tiefe ist unser Zuhause. Des Neptuns Grotten, die Paläste des Wassermanns sind unsere Wonne und Wohnung. Wunder über Wunder sind dort zuhauf, die ihr Menschenkinder noch nie erschaut habt. Wenn du mich liebst, so komm zu mir. Und ich will dich hinabziehen mit mir, auf daß du all die Herrlichkeit erblicken sollst.«

»Melusine, ich habe Angst. Ich fürchte mich vor jener Welt, die deine Heimat ist«, schluchzte der Maler laut auf.

»Meine Wohnung ist die Tiefe unter dem Spiegel des Wassers. Wie der Fluß nicht in den Auen gleich den Hirschen weidet, sondern in den Algen des Ufersaumes, so vermag auch ich nur in Gewässern zu leben. Hier in diesem Tümpel hat mein Mütterchen mich aufgezogen, und hier ist alle Pracht Poseidons.« Das flüsterte mit eindringlicher Zärtlichkeit die Nixe. Aber auch leiser Spott und Schmerz schwangen in ihrer Stimme mit. Des Malers Sinn schwand dahin mit jedem Wort der Nixe und mit jedem Blick, den er aus seinen ängstlichen Augen in die Melusinens warf. Da hielt es auch Koronrod nicht länger in seinem Versteck. Von all dem gerührt und nicht länger fähig, sich zu verbergen, trat er aus dem Blattwerk hervor. »Melusine, komm zu uns, komm!« flehte er. Freudig erregt antwortete die Nixe: »Oh, so bist auch du meiner Stimme gefolgt. So mag es sein, daß du es bist, der mir in die Tiefe folgt. Spring! Oder fürchtest du dich? Auch du?« Molch und Salamander, Schlange und Kröte hatten sich unterdessen versammelt und säumten wie ein Kelchrand aus glänzendem Edelgestein das Ufer des Teiches. Alles Getier verharrte, von höchster Aufmerksamkeit erfüllt, in Betrachtung lautlos wie ein einziges starrendes Auge. Da befiel Koronrod plötzlich ein Grauen, wie er es nie zuvor gekannt. Von abgrundtiefer Scham durchwühlt, verbarg er sein Gesicht und wandte sich ab. Gleich darauf hörte er den Maler ins Wasser zu Melusine gleiten. Aufblitzend stand das Bild ihres Kusses wie eine Fontäne vor seinen Augen. Ineinander verschlungen, vereint zu einem einzigen Wesen, einander umfangend, erhoben sich die beiden schwebend in das Blau über der Schlucht.

Koronrod hockte in Grauen versteinert am Ufer und verbarg sein Antlitz vor dem Licht, das ihn umflutete. Die feuchten und schuppigen Zeugen, welche gekommen waren, die mystische Hochzeit zu betrachten, glitten nun glitzernd und lautlos zurück ins Dunkel. Erstarrt im Schmerz und gänzlich unempfindlich verweilte der Prinz am Rande des Wassers. Ein kaum sichtbares Strahlen schien von ihm auszugehen. Es war, als ob er gezeichnet wäre mit dem geheimen Mal. Lange hätte er wohl noch dort verharrt, wäre nicht das zarte Summen einer Libelle wie aus einer sehr weiten Ferne an sein Ohr gedrungen, ein zirpender Gesang, der ihm wohlbekannt war. »Brich auf! Suche deinen Schatz!« Die Libellenkönigin war es, die über dem Wasser tanzte. Ganz deutlich konnte er nun, da er seinen Kopf langsam aufrichtete, ihre winzige rotgoldene Krone sehen. Da erhob sich Koronrod und schwer atmend begab er sich auf den Weg die Schlucht hinauf.

Sarba

Die Prinzessin Sarba war die schönste all der dunklen Frauen, jener Wesen einer uralten Rasse, welche nahe am Orte des Sonnenaufganges in den Garten der wilden Rose gepflanzt wurde. Asra heißt dieser Stamm. Es geht die Sage, daß alle Asra sterben müssen, wenn sie lieben. Dunkel und duftend wie die Rinde des Zimtstrauches ist ihre Haut. Sarbas Körper war heller als der all ihrer Schwestern, so wie ein Zimtbaum dort, wo die Sonne durchs Blattwerk seinen Stamm trifft. Ihre Wangen waren purpurn gefärbt wie die Knospen der roten Rose.

Die Asra sind von schwerem Gemüt und sie fürchten die Liebe. Darum leben sie zumeist verhüllt. Niemals zeigen sie sich unverhüllt. Mann und Frau sind Tag und Nacht vermummt und zeigen einander nie, wie sie als Körper erschaffen sind. So sehr fürchten sie sich vor der Liebe und ihrer Lust, daß sie es kaum wagen, ihren Blick emporzuheben. Blinden gleich tasten sie umher. Auch ist diesem Volke viel Übel und Schreckliches widerfahren, was ihre Furcht und ihr Mißtrauen rechtfertigt. Und doch, wie könnte es anders sein, zehrt auch an ihnen allen ein immerwährendes Verlangen, von den Freuden der Liebe und der Lust zu kosten. Wenn es dann geschieht, daß ein Asra sich hingibt und liebt, so stirbt er daran. Doch soll dies ein seliger Tod sein. Alle suchen und fürchten ihn zugleich. Aus diesem Stamme ist Sarba.

Von stechenden und reißenden Qualen wurde Sarbas Herz heimgesucht, als sie der Liebe des Malers zur Nixe Melusine gewahr wurde. In den Augen ihrer Schlange Nefroweg hatte sie alles mitverfolgt. Insbesondere bangte sie um das heißersehnte Glück immer dann, wenn sie mitansah, wie die seligen Freuden der Liebe am Wege zu Aura gefunden wurden. Maßlos war Sarba in ihrem Wunsch, die Geliebte jedes Liebenden auf dem ganzen Erdenrund zu sein. Darum saß sie vor dem Schlangentier Tag und Nacht und ließ nicht ab, in seinen Spiegelaugen alles Liebesgeschehen auf Erden mit heißen Blicken zu verfolgen. Ihre Zauberkraft war, wie

Kemisartens Kunst und die der Schlange, in deren Augen sie die Spiele der Liebe ablesen konnte, jahrtausendealt.

Vor dem Anfang der Zeit hatte der Weltenschöpfer nur einige wenige Wesen erschaffen. Doch gewaltige Wesen waren dies und unsterbliche. Später haben ihre Nachkommen sie Götter genannt, auch Riesen und Giganten. So gewaltig war ihr Treiben, ihre Gestalt so ehern, kraftvoll und prächtig, ihre Gebärde so kunstvoll, ihr Wissen so erlaucht, daß keiner ihrer Nachkommen ihnen darin mehr gleichen konnte. Der Götter Merkmal ist es, daß aus ihnen plötzlich der schaffende, unberechenbare Geist hervorbricht und sie so die Welt um sich herum mit einem donnergleichen Schlag zu verändern vermögen. Solch empfangene Ideen und Siegel sind die Zeichen und die Worte, mit denen noch heute alle Menschheit umgehen und ihrem Geiste Ausdruck verleihen kann. Eines aber war den Göttern fremd: die Demut. Da sie den Umgang mit der Schöpfung pflegten und mit allem Überfluß darin, bedachten sie ihr Geschaffensein nicht länger und hielten sich mit der Zeit selbst für den Ursprung allen Wesens. Der Ideen Einfluß und Umarmung stets gewiß, kehrten manche dieser Giganten ihre eigene Natur um und blickten zu sich selber auf, gebietend nach unten über den anderen, auf daß man sie nun selbst verehre. Darüber gerieten sie jedoch untereinander in einen endlosen und erbitterten Streit. Sie wurden sterblich.

So geschah es, daß sich die Riesen und Götter unter die Menschen mengten, dort lebten, zeugten und schließlich auch starben. Die Züge ihres Aussehens, besonders im Schwunge ihrer Braue und des Lides hinab zur Nase und im Strahle ihres Blickes erkennbar, haben sie in allen Menschen weiter fortgepflanzt. Aus ihrer Geschicklichkeit und Kunstfertigkeit, ihrem närrischen fröhlichen Treiben, besonders aber aus dem Klang ihrer Stimme entstand die Kunst. So gerann etwa die Stimme der Götter zur Musik, die Muster ihres Treibens und Handelns zum Schauspiel, ihre geschickte Fingerfertigkeit geriet im Laufe der Zeit zur Bildnerei, und ihre Schlauheit und Verschlagenheit schließlich schlug sich immer mehr nieder in dem angesammelten Wissen der Menschen. Ihr tatsächlicher Wuchs war nicht groß, eher gedrungen, zwergenhaft; Riesen wurden sie genannt, da ihr Wesen gewaltig war. Sie schmückten sich mit edlem Geschmeide, das sie selbst im Spiele sich schufen, und schmiedeten goldene Ketten und feingeschliffene Steine, Helme und Spangen. Wie die Monumente ihres schönheitstrunkenen und maßlosen Geistes standen sie da, täglich sich wandelnd, immer Neues ersinnend. Wenn sie einherschritten in der Natur, so hielten sie sich für die Schönsten, und jeder von ihnen wollte der Schönste sein, jeder ein wandelndes Kunstwerk.

Diese ersten Götterkinder sind es denn auch gewesen, von denen die Asra sich herleiten. Sarba, die Prinzessin, besaß noch alle Merkmale jener Urzwerge an sich. Sie war zierlich von Wuchs, klein fast wie eine Puppe und rund wie ein Standbild, wohlgeformt. Alles an ihr glich einer Kugel. Ihre Bewegungen vollzogen sich auffallend langsam, so als langte jede ihrer Gesten zurück in die zeitlosen Gefilde der Götter. Ihre Rede war die eines Kindes im Traum, ein Flüstern, ein Stöhnen, ein Seufzen. Ihr Wesen war höchst anmutig und still wie die Blüte des Lotus, deren Blätter schneeweiß sind und fleischig, voller Saft. Die besondere Kunst der Asra war seit altersher das Spielen der Flöte und der Trommel, der Gesang und der Tanz. In diesen Künsten wähnte Sarba über alle anderen ihres Stammes sich erhaben. Ihre Gewalt über die Sinne aller Wesen war durch ihre Künste so allmächtig geworden, daß selbst die Schlange Nefroweg, die doch mit dem Teufel selbst verwandt war, ihr bedingungslos gehorchte. Wann immer Sarba auch die Flöte blies, kam aus dem Dunkel der Erde Nefroweg geeilt und tanzte vor ihr. Diese Künste bewirkten, daß Sarba alles, was an besonderem Liebesgeschehen auf der Erde sich ereignete, vor allem jene Begebenheiten, die mit Aura, der entführten Prinzessin, zusammenhingen, in den Augen der Schlange ablesen konnte. Nefroweg nämlich verfolgte von altersher die Liebenden aller Generationen. Und besonders bei jenen, welche von der Liebe nicht zur Gänze ergriffen sind, sondern sie in Schmerz und Wehmut verkehren, verfügt sie über die Macht, die Seelen zu peinigen.

Nun zurück zu unserem Prinz. Kennt man nicht eine Tollheit der Liebe, eine Besessenheit, die an den Wahnsinn rührt, die körperlich empfunden wird, die krank macht und jede Lust am Leben raubt?

Ihr kennt sie gewiß, diese taumelnde, wankende Blindheit, die nur eines sieht: die unerreichbare Geliebte. Eine solche Ohnmacht, gepaart mit der Scham, beherrschte Koronrods Seele. Er fühlte sich verwirrt und zutiefst und seltsam beschämt durch die Erkenntnis, welche Macht Melusine über sein Herz besaß. Was noch vor so kurzer Zeit als ein unverrückbares Ziel vor seinen Augen gestanden war, Aura zu suchen und zu finden, schien nun für immer hinter den blauschwarzen Rändern der Waldesschlucht versunken zu sein. Ihm war, als hätte er sich bereits um Aura betrogen und sie verraten. Brannten und bohrten doch in seinem Herzen die Gedanken an Melusine. Er glaubte, auf der Stelle sterben zu müssen. Sein Tod allein schien ihm Ausweg. Und hatte er noch kurz zuvor aus Todesfurcht nicht gewagt, sich zu Melusine in den Weiher zu stürzen, so sehnte er jetzt um so stärker seinen Tod, seinen Untergang herbei. Während er zwischen dem dichten Blattwerk, das den steilen Saum des Wassers umwucherte, blind stolpernd einen Weg nach oben suchte, folgten ihm noch immer die abertausend funkelnden Augen der Schlangen, Molche und Kröten. Durch diese hindurch, als wären es die Blicke der Hydra selbst, starrten regungslos und lauernd die gläsern aufgerissenen Schalen des Augenpaars der Schlange Nefroweg. In diesem Augenblick erschaute mit Tränen in den Augen Sarba, die Prinzessin der Asra, die Liebe des Prinzen zu Aura. Eine rasende Begier, Koronrod zu besitzen und von ihm geliebt zu werden, befiel sie da. Die schleichende Krankheit der Asra hatte sich ihrer bemächtigt.

Koronrods Aufstieg aus der Schlucht vollzog sich unter Schwierigkeiten und Anstrengung. Die Wandlung seiner Stimmung und seines Gemüts, die durch Kemisartens Kochkunst in ihm hervorgerufen worden war, hielt noch immer an. Alle Natur erschien ihm verklärt, tausend Gesichter und Ansichten enthüllend, welche er vorher nie wahrgenommen hatte. In verschlungenen Linien reich verzierte Ornamente bildend, war Blatt in Blatt, Zweig in Zweig, Baum in Baum verflochten. Wie das Rad des Pfaues starrte ihn der Hang, den er hinaufstieg, aus ungezählten glänzenden Augen an. Alles um ihn herum lebte und wogte, flüsterte und sang. Ein Heben und Senken, ein Atmen und Wogen, wie das Pochen eines Herzens war spürbar nun aller Natur eigen. In dieser Aufwallung seines

Gefühls vernahm er plötzlich wieder deutlich das Summen der Libellenkönigin, deren Stimme den Prinzen aus seinen Träumen riß. »Suche deinen Schatz, bis du ihn gefunden hast.«

Durch all diese seltsamen Ereignisse wurde Koronrod auf jene wunderbare Weise, wie einstmals nur die Kunst des Areopagiten sie an seinen Adepten hatte erweisen können, zum Mann. Wie in Gesellschaft der Genien noch, der Anachoreten, des Simeon Stylit, des säulenbildenden Phidias, der im Kapitell der Säule die ewigen Urbilder der Natur erscheinen ließ und den Seher unterrichtete, indem er den Geist des Künstlers einig mit dem des Schöpfers zeigte und die Natur als Abbild der Kunst, – so schien das einzigartige, paradoxe Resultat des Kind-Bleibens und Mann-Werdens eingetreten zu sein. In der Form und im Bilde der Kunst, durch den Einblick in die Male der Urform, wird jene Erkenntnis der Schöpfung erschlossen, welche – das Paradies der Kindheit nicht verschließend, mit der Schuld des Alters, der Sünde und des Todes sich nicht beladend – Jüngling und Mann zum Hermaphroditen vereint. So entsteht jene Männlichkeit, die im besonderen dem Künstler und dem Heiligen zu eigen ist.

Die Zeichen einer solchen Verwandlung ließen Koronrod sich selbst ein Rätsel, ein Fremder werden. Seine Stimme verriet einen stärkeren, herrischen Klang, als er nun ausrief: »Sagefroh!« Doch der Freund und Sänger zeigte sich nicht am Rande der Schlucht, und keine helfende Hand zog ihn empor. Denn aus der Tiefe kehrt man nur allein zurück, und oben angekommen wird die Einsamkeit zu einem neuen, stolzen Befinden. Also war es, daß Koronrod den Freund noch immer fest schlafend vorfand, von Fliegen umschwärmt, den Kopf auf dem Tische ruhend, wie jener Trunkenbolde einer, welche den Tag mit der Nacht vertauschen wie das Wasser mit dem Wein. »Erwache, Freund. Lasse den rechten Weg uns wieder suchen. Es ist schon spät, die Sonne im Zenit. Erwache!« Als hätten die Glocken vom Kirchturm eines nahen Dorfes den Sänger aus einer verdient langen Ruhe gerissen, fuhr Sagefroh, Mißmut und Schuld in gleicher Weise zur Schau tragend, aus dem Schlaf. »Was? Wohin so eilig? Laß ab von dieser Hast. Wir haben viel, viel Zeit.« Auf dem Zifferblatt seines Gewissens standen die Zeiger stets unbeweglich auf Zwölf. Er erhob sich nun langsam, streckte und bog kräftig seinen Leib, so als wollte von unsichtbarer straffer Sehne ein heimlicher Schütze den Pfeil seiner kräftigen Jugend in die Sonne schießen.

Die verborgene Hütte Kemisartes hatte ihre Pracht inzwischen wieder mit Wolken von Spinnweben und Staub bedeckt. Kaum glomm der einst geschaute Prunk wie ein Wetterleuchten noch hindurch. Plötzlich fuhr Kemisarte selbst, leuchtend grell wie der erste Blitz vor dem nahenden Gewitter, den beiden vor die Füße. Drohend, wie nur das Unbekannte als ein Hinweis auf das Göttliche erscheint und in einer dem Menschendenken kaum mehr enträtselbaren Dämonensprache, Klage und Fluch im Diskant eines Grillenkonzertes girrend, stand sie vor ihnen. Wie das alabasterne Bild einer phönikischen Göttin, weiß und undurchsichtig, vom Scheitel her übergossen vom Rot ihres Haares, ein Brustbild der Weltbrust, ein zum Meerbusen gewandeltes Marmorgebirge, rief sie mit dröhnender Stimme: »Oh, elend seid ihr, albernes verschrecktes Gesindel einer ausgebrannten Erde! Die Wünschelrute der Verstoßenen, der dem Tode nahen Götter, welche ohne irdische Quellen und ohne Spur von anderen Wesen sind, die zu sehen und zu ahnen sie so bedürfen, sie würde bei eurem Grabe nicht zittern, nie hinführen auf eure Spur. Hat Einsamkeit uns nicht besser gelitten als eure Gesellschaft? Daß ihr keinen Dank kennt, das ahnte mir. Aber daß kein Herz in euch schlägt, kein Atem des Lebens, daß all meine Kunst nicht vermochte, das Elend des Todes aus dem Schwamm eures Leibes zu vertreiben, das wollt' ich gar nimmer glauben. Schon um Melusinens Zuneigung willen zu euch. Soll ich euch nun fluchen oder mir und meiner alten Kunst? Soll ich vergeblich aus einem Klumpen Lehm diesen Äther und diesen Geist gesogen haben? Ihr habt davon gekostet. Und was schauen heißt, das wißt ihr nun. Dennoch bleibt euer Trachten niederträchtig und besitzgierig auf ein Wesen gerichtet. So habt ihr mir das Kind verdorben, entrissen und dem Tode preisgegeben, von dem es nichts weiß und den elender als nach Menschenart zu dulden es verdammt ist. Seid verflucht, ihr und eure hungrige Liebe!«

Zu einer Säule aus Stein vereint, wie sie den Opfern der Pest und als Zeichen der Errettung als Denkmal allenorts, wo die Seuche gewütet hat, errichtet worden ist, standen die Freunde vor der Hexe. Koronrods Stimme sprach eindringlich knapp und klingend

wie die Totenglocke übers einsame Gräberfeld: »Ich bin im Tode und ich leugne es nicht. In ihn eingeboren und ihm zum Trotze ist meine Liebe erwachsen. Ein Segen ist mir daher dein Fluch, und meine Hoffnung ist aufgerichtet. Die Todesfurcht erst bringt aus uns die Sehnsucht nach Ewigem hervor, das Verlangen nach dem unsterblichen Ursprung. Bleibt unsere Liebe auch schwach, oftmals ein leeres Versprechen, so richtet sie uns doch immer wieder auf das hin aus, was das letzte und einzige Ziel all unseres Trachtens ist.«

Sich aufrichtend zum Monument dieser Rede, welches alles um

sich herum überragte, stand Koronrod unbeweglich da. Die Sonne beschien ihn und warf einen langen schwarzen Schatten in das Häuschen, welcher wie ein Zeiger auf die letzte der Stunden wies. So plötzlich dieses Gewitter aufgefahren war, um seinen Donnerkeil drohend in der Wolkenfaust zu schwingen, so rasch verschwand es auch wieder. Langsam mit dem Kopfe nickend, mümmelnd mit zahnlosem Kiefer, wankte Kemisarte vor den beiden hin und her, reichte ihnen ihre knotige Knochenhand wie einen Wanderstab hin und sprach: »Lebt wohl. Bringt denn euren neues Leben schaffenden Liebestod den Menschenkindern, so sie nach ihm verlangen.« Die

Worte bekräftigend, fauchte die Katze und spie, den Kopf heftig schüttelnd, gegen die Freunde aus. Auf dem Höcker der Hexe thronend, erhob sie sich wie ein schwarzer, giftiger Pilz. Da dankten und grüßten artig die beiden und gingen ihres Weges.

Bald hatten sie den obersten, mit Föhren und Tannen umsäumten Grat der Schlucht erklommen und erblickten vor sich hingebreitet eine weite Ebene, die gegen den Horizont hin mit saftgrünen, kurzstämmigen Eichen bewaldet war. Es war die Stunde des Abends. Zag funkelte ein Stern am blaudunklen Himmel. Die Sonne war eben im Begriffe, ins Blattwerk der Wipfel einzusteigen, als sie den Eichenwald erreichten. In der einsetzenden Dämmerung den Wald geschwind durchschreitend, gelangten sie alsbald an einen Tümpel, dessen perlmuttfarben glänzendes Wasser in die kreisrunde Form eines riesigen Schneckenhauses eingegossen schien. Am gegenüberliegenden Rand des Tümpels stand, eben noch sichtbar im tiefen Blau der sich ausbreitenden Nachtschatten, ein Ritter neben seinem Pferd. Ritter und Pferd waren von zartem, feingliedrigem Wuchs, hochbeinig und graziös wie die Figuren eines sassanidischen Schachspiels. Keine Anrede wagten die Freunde angesichts der verschwimmenden Erscheinung. Und so blickten die beiden stumm über das phosphoreszierende Wasser, bis das Dunkel der Nacht ihren Blick verschloß und der Schlaf sie überkam.

»Der Ewige sei mit euch«, weckte sie, kaum waren die ersten Goldfäden von der Morgensonnenspindel ins Blätterdach gewoben, die sanfte, eindringliche Stimme des Ritters. »Gott zum Gruße,« antwortete murmelnd der Mund des noch traumbefangenen Koronrod. Erschrocken richtete der Prinz sogleich sich auf, gefolgt vom Freund Sagefroh. Dann stellten sie sich in geziemender Form dem Ritter vor und vernahmen staunend, daß vor ihnen Amer, der König der Asra und Sarbas Vater, stand. War Schweigen nun geboten, oder sollten sie das Ziel ihrer Reise, dessen geographische Lage sie ja gar nicht kannten, dem Vater Sarbas mitteilen? Oder war zu fürchten, daß dieses Mannes Stolz sich gegen ihre Absichten richten könnte? Es blieb der Grund der Reise König Amers unseren Freunden nicht verborgen. Freimütig nannte er das Ziel seines Strebens: Mona, die vom geschmeidegeschmückten Drachen bewachte Jungfrau.

Die Freunde waren darob nicht wenig erstaunt. Der Bericht ihres Abenteuers, welches so unvermittelt und bedrohlich als schrecklich schöne Initiale ihren Weg eröffnet hatte, betrübte den König: »So ist es umsonst, daß ich in dieser Verkleidung der Bescheidenheit mich auf den Weg gemacht habe, um Mona zu gewinnen und zu erlösen. Nun ist der Drache zerstört, und die Kleinodien sind verstreut«, fuhr er mit betrübter Stimme fort. »Am Spiel der Unerlösten auf der Bühne des Mohnblumenfeldes dachte ich mich ergötzen zu können. Die köstlichsten Geschmeide führe ich mit mir, und mein Wunsch war es, Monas Freude zu erwecken und des Drachen Schönheit zu vermehren. Alle Wunder meiner Magie wollte ich erproben. Doch ist es euch gelungen, den Fluch, der sie band, zu lösen. Wenngleich nun auch das Wesen meines Zieles sich verändert hat, so will ich dennoch die Frucht eures edlen Wirkens mit eigenen Augen anschauen.«

»Sehe ich recht«, fuhr Amer, in seiner Stimme plötzlich unverhohlene Drohung bezeugend, fort, »so seid ihr, verehrter Prinz, dem Sänger folgend, unwissentlich in jene Zone der Erde eingedrungen, die zu betreten oder gar zu durchqueren nur wenigen Sterblichen gelungen, noch nie aber gestattet worden ist. Für Gewißheit muß ich es halten, daß ihr euch, beabsichtigt oder zufällig, auf ein Ziel hin bewegt, das sich aufs engste auch mit mir verbindet. Es kann nicht anders sein. Steht doch am Ziele meiner Reise das liebliche Bild der verehrungswürdigen Mona. Und der Drache, die unbezwingbare Schwelle zu ihr, wurde durch eure Kraft gebrochen. Bedenkt, unsere Wege haben sich hier am Tümpel des Todesflusses gekreuzt, dessen Wasser aus dem Absud aller Verwesung besteht und der durch sein trichterförmiges Bett ins Innere der Erde geführt wird. Bedenkt also die bedeutungsvolle Mitte unserer Wege. Da wir hier einander begegnen mußten, ist dies der Ort eines neuen Beginnens für uns alle. Nichts anderes kann unsere Begegnung bedeuten als unseren Tod. Es ist Sarba, meine Tochter, die ihr sucht. Der Drache, der Mona bewachte, glich seinem Wesen nach Sarbas Schlange. Darum auch gleichen unsere Wege und Ziele sich. Ich will euch nicht verhehlen«, bei diesen Worten schwoll drohend des Zornes Ader auf seiner braunen Stirne, »daß mich das Ziel eurer Reise ebenso beunruhigt wie das Ziel der meinigen. Uns ist es nicht gegeben zu lieben, wie es den Menschen allgemein möglich und lustvoll scheint. Habt ihr Mona nicht geliebt, so werdet ihr Sarba auch nicht lieben. Todbringend, bloß zerstörerisch wird euer Werk sein.« Eifersucht, die qualvolle Krankheit der Asra, hatte sein Gesicht verfärbt und entstellt.

Koronrod war bei diesen Worten blaß geworden. Verstört stand er vor Amer und wußte nicht, wie er dessen Spruch zu deuten hatte. Er dachte an das Ziel seiner Reise, das geheim bleiben mußte. Mit dem Instinkt des beutegewissen Jägers verblieb er still, wissend, daß schon die geringste kleine Geste Auras Verderben bedeuten konnte. Sprach Amer wahr oder irrte er? Kemisartes Worte waren, wenn auch in einer anderen Weise als erhofft, in Erfüllung gegangen: Die Augen werden dir auf- und übergehen. Der Maler hatte indessen sein Ziel erreicht und war in der Erkenntnis von Auras Wesen dennoch zu Melusinens Geliebtem geworden. Es konnte kein Zweifel bestehen, daß er seine Aura in Melusine gefunden hatte. Koronrod befürchtete, daß die Worte Amers nichts anderes meinen könnten, als daß er Sarba lieben werde, sein Ziel aber, Aura, dadurch nie erreichen würde.

»Herr, Ihr irrt«, Sagefroh brach in diesem Augenblick, sich an den König wendend, die drohende Stille. »Wir sind auf diesen Pfad nicht zufällig geraten. Es ist fürwahr unser Ziel, die Zone zu durchwandern, von der Ihr sagt, daß nur selten ein Sterblicher sie betritt. Wo sonst, wenn nicht hier, rührt alles Geschehene die Saiten meiner Laute, und in welchen Gefilden, wenn nicht in diesen, vermag ich die Werke der Musen zu erkunden? Es ist nicht das erste Mal, daß ich dies wundersame Land durchstreife. Hingegen bedaure ich, daß ich die große Ehre, Euch zu begegnen, nicht vordem schon erfahren durfte. Es ist nicht unsere Absicht, den Frieden Eures Reiches, Hauses und Herzens zu stören.« Das Schweigen Koronrods brechend, hatte mit diesen Sätzen der Sänger das Mißtrauen des Königs eingefangen und mit seinen Worten aufgespießt.

Es war dem Sänger gleichwohl nicht entgangen, daß dem König Amer nichts lieber gewesen wäre, als mit seinen Vermutungen unrecht zu haben. Auch war es Amers Seele nicht vergönnt, von seiner Liebe zu Mona abzulassen. Verliebt in die Sage vom Schönen, ganz und gar willens, das Schönste zu besitzen, von dem je ein Wesen Kunde erhalten hatte, konnte er nicht anders, als das

Ziel seiner Reise, Mona, zu suchen. Mit seiner behandschuhten Rechten schrieb nun Amer ein Zeichen der Freundschaft zwischen sich und die beiden in die Luft. Da entstand als kristallgewordene Zauberei ein Spiegel des Wohlwollens: ein Kreuz, das nach unten gespreizt stand und einen Kreis trug als Kopf. Nachdem er dies als Schlußpunkt der Unterhaltung in die Morgenluft gezeichnet hatte, erhob sich der blaue Ritter und verneigte sich gegen die beiden Freunde. »Ich wünsche euch eine angenehme Reise. Haltet das Gastrecht meines Hauses, wenn ihr dieses erreicht. Aber bedenkt, daß Sarba aus dem Blutstein meiner Liebe und aus dem Lapislazuli

meines Herzens geschnitten ist. Suchet nicht, sie zu sehen. Verwehrt es euch, sie anzurühren.«

Durch die Maske seiner Furchtsamkeit blickten Koronrods Augen fest in die des Königs, und männlich wie am Vortage sprach er zu Amer: »Was immer wir auf Erden tun, ist es nicht Missetat? Ist nicht all unser Erkennen ein ständiges Verfehlen der Wahrheit, ein hilfloser Griff aus dem Kerker des Irrtums nach der unendlichen Sonne der Weisheit? So bleibt nur die Liebe, selbst die unseligste, die unser Dasein und Handeln zu rechtfertigen vermag. Fürchtet also nicht, daß wir, die um die rettende Macht der Liebe wissen, an eurem Heiligtum übel handeln könnten. Wir hoffen, euch bald, vereint mit Mona, wiederzusehen.« So schieden sie voneinander. Amers Roß flog leichthufig den aufsteigenden Hang des Tales hinan. Bald schon verschwand der Ritter als ein springender Punkt am Horizont.

Vor unseren Freunden lag der Wassertümpel. Ihn im Halbkreis umrundend, wollten sie ihre Reise in die Richtung, aus der der König gekommen sein mußte, fortsetzen. Sagefroh hatte sich am Rande des Weihers niedergelassen. Spielerisch glitt seine Hand in das angenehm kühle Wasser. Verliebt in den ständigen Wechsel seines perlmutterfarbenen Glitzerns, das um seine spielenden Finger herum entstand, suchten seine Augen die farbigen Wirbel, die seine Hand in den Spiegel des Weihers zog, zu durchdringen. So versenkte er sich tief und stumm in seine abgrundtiefe Schwärze. In diesem Moment sandte die Sonne durch eine Lücke in den Blattschindeln des Walddaches ein zartes Lichtgewinde in den ölglatten Nabel des Wassers. Wie ein Lichtlot sank es, die smaragdgrüne Tiefe erhellend, zum Grund. »Kommt, mein Prinz! Seht!« rief Sagefroh laut und voll Eifer den Freund herbei. Beider Blicke in des Wassers Auge wurde nun mit einem Funkeln erwidert, in dem sich wundersame Ansichten enthüllten.

Sie erblickten die nicht enden wollende Spirale eines in die Erde gebohrten Trichters, dessen smaragdene Farbe von Stufe zu Stufe tiefer sich färbte und feurig das Licht der Sonne zurückwarf, so daß es wie goldene Kugeln aus dem Wasser in ihre Augen sprang. Während sie gebannt in die Tiefe starrten, gewahrten sie winzige Nixen und Tritonen, glänzend wie gehämmertes Kupfer, welche mit Molchen und Schlangen sich lustig tummelten. Die Freunde saßen wie ein verschmolzener Narziß über dem dunklen Wasserspiegel und blickten hinab in das Treiben. Schon wollte das goldene Lot am Ende des in die Tiefe des Tümpels eingelassenen Sonnengewindes sich auflösen, um als Unzahl honigfarbener Krötenaugen wieder zurück an die Oberfläche zu steigen, mit dem Wasserspiegel vermählt wie jene bunten Blasen in venezianischen Gläsern, die die Augen der Betrachter verwirren. Da entdeckten die beiden Freunde, die einander umfaßt hielten, um nicht in die Tiefe zu stürzen, im Zentrum der mit dem Wasser des Styx gefüllten Todesschnecke eine Wendeltreppe, gesponnen aus dem Speichel des alles Sterbliche verzehrenden Totenwurms. Wie aus korinthischem Alabaster gewunden, führte diese hinab, Stufe um Stufe, Windung um Windung. Bedeckt war sie mit einem feinkörnigen Satz von Asche, kaum merklich bewegt vom schier unbewegten Wasser und doch von ihm wie zusammengekehrt und zu immer neuen Schlieren und Zeichen geformt als ständig sich ändernde Schrift eines unsichtbaren Fingers. Selten nur dringt Licht ins Dunkle, ohne sich selbst zu verdunkeln und zu strafen. Nicht ungefährdet fällt das Licht ins Dunkel. Auch das Dunkel jedoch ist lichthaft, so als berge es eine Urerinnerung an den Anfang, und beginnt funkelnd sich zu regen, farbiger noch als die der Sonne stets zugewandten Blumenspiegel, als gelte es, rasch ein tausendfach Versäumtes nachzuholen.

Nichts fasziniert das Auge mehr als das kaum zu erhellende, vielleicht niemals noch vom Licht erreichte Dunkel. Gebannter noch als in das sonnendurchflutete Waldgewölbe starrten die beiden in die Tiefe. Da erloschen plötzlich die Tropfen des Lichtes; schwarz und ohne Glanz starrte des Dunkels Auge. »Oh, Wunder«, flüsterten Prinz und Sagefroh wie aus einem Munde. »Dies hier ist der Nabel der Erde«, Koronrod sprach diese Worte leise und nachdenklich, so als ob jener gestern vor Kemisarte erwachte Mann aus ihm spräche. »Laß uns diese Treppe hinabsteigen. Ins Zentrum. So wollen wir unseren Weg verkürzen und dem Wunsch unseres Herzens gemäß rascher ans Ziel gelangen.« Was gestern noch am Rande des Tümpels tief unten in Kemisartens Horst und bewegt von Liebe ihm unmöglich erschienen war, wollte er nun vollbringen. Ein Tun ohne Bedenken, ohne Angst, getrieben von unnennbarem Wissen, das keine Argumente braucht, denn die

Wahrheit seines Erkennens wird offenbar aus dem das Weltganze schauenden Blick, der ein jenseits aller Begrifflichkeit gegebenes, nicht artikulierbares Bild enthält.

Da rief Koronrod laut, den Wald mit tosendem Echo erfüllend: »Ich muß hinunter!« Sagefroh erschrak heftig. Auf der Glätte seiner schwarzen Oberfläche zeigte das Wasser dem Himmel alles Blattwerk und die zarten Wölkchen, die es von ihm trennten. Es schien hinaufzudeuten, wie ein verschlossenes Tor auf andere, vielleicht offene Tore weist. Und doch war es verschlossen und undurchdringlich wie ein Spiegel aus Onyx, der das erschaute Bild zur Einbildung eines Tagträumers verwandelt.

Koronrod hatte sein Gesicht bereits tief in das Wasser gesenkt. Wie ein geschwungenes Gewölbe, das sich über ihn erhob, so wie die Glocke des Himmels dem im Rasen ruhenden Wanderer erscheint, zeigte sich ihm, in der Farbe des Azurs getönt, das Gewin-

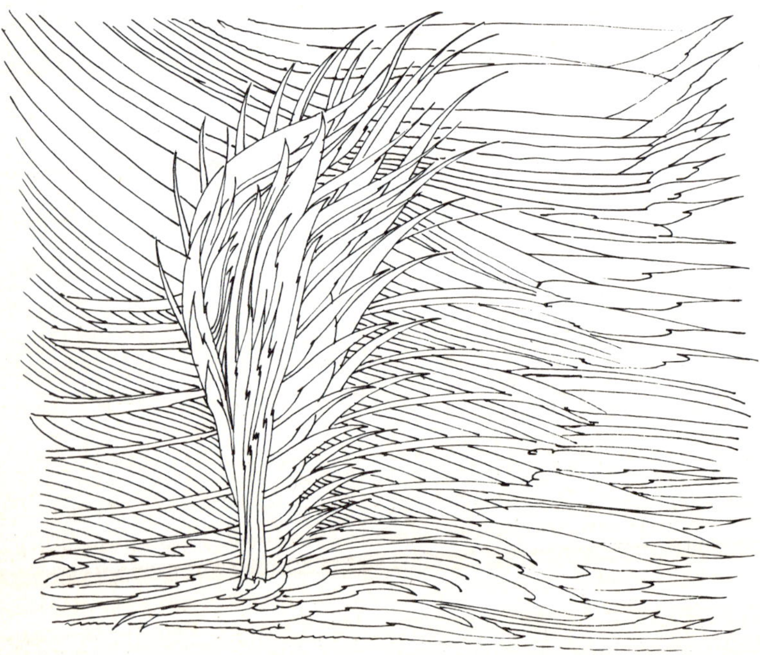

de des Trichters, wie es in die Tiefe und gleichzeitig über sich hinaus strebte. Er blickte hinab zum Grunde, welcher sich zur gleichen Zeit zum Zenit seines Scheitels erhob. Unten und Oben waren spiralenförmig ineinandergeschlungen, Zeit und Raum zeigten ihm ein neues Gefüge. Als hätte er die trügerische Wand einer gläsernen Linse durchstoßen, gewahrte er, nun im Brennpunkt eines gewandelten Blickes, die gewaltigen Dimensionen des Lethe-Domes, der als ein smaragdener Turm Babels sich in das schwarze Nichts der Todeswand erhob, getrennt nur durch das glatte Perlmutt seiner Wände. In seiner Mitte führte, riesenhaft zueinander gleitende Wellenterrassen zur Schraube fügend, eine mächtige Treppe empor. Auf ihr zog bedächtig und schleppend, was dem Prinzen zuvor noch als schwarzer Absud erschienen war, Heer um Heer herauf, von Generälen seitlich formiert. In einem makabren Tanz, von den Obristen des Knochenmannes in Szene gesetzt, wälzte sich der endlose Troß der Toten aller Zeiten, die unzählige Male geschlagene Armee der Verstorbenen, empor zur letzten Schlacht. Dort oben, wo das Schneckengewinde des Totendoms wie die Spitze eines Widderhorns endete, befand das Mundstück sich, das himmelsgoldene, engelmundgerechte der Posaune, bereit zum Ertönen und Erwecken aller Geschöpfe der Zeiten. Diese Spitze, mehr geahnt als erschaut, zog den Blick des Prinzen unwiderstehlich an. Wie eine funkelnde Münze, welche zum Grunde eines Brunnenbeckens gleitet, sank vor den schreckgeweiteten Augen des Sängers der Prinz in die Tiefe.

Sagefroh, der Sänger, stand für einen Augenblick versteinert da. Mit einem tiefen Seufzer löste er sich vom Stamme einer Eiche, an die er sich wie ein Ertrinkender geklammert hatte. Hastig griff er zur Laute, klirrend fuhr ein Akkord ins Geäst und zerriß die Stille des jähen Abschieds. Voll Trauer umschritt er dann langsam den Tümpel. Das Blatt einer Eiche, ein rotgoldenes, mit hellen, grünen Tupfen geschmücktes, taumelte an Sagefrohs schwer atmende Brust. Er führte es an seine Lippen und murmelte leise: »Koronrod.« Dann kniete er am Rande des Weihers nieder und versenkte das Blatt, von einem kleinen Kiesel beschwert, in die Tiefe des Wassers.

Während der Sänger schwermütig, keines Zieles sich mehr bewußt, Schritt vor Schritt setzte, einem Wanderer gleich, der seinen Weg nicht kennt, war Koronrod, die smaragdene Flut durchgleitend, an der ersten Terrasse des Treppengewindes inmitten eines neu sich formierenden Bataillons namenloser Toter einer einstigen Sarazenenschlacht angelangt. Jetzt bemerkte er seitlich im Dunkel, wo kein Grund war, wo die Natur der Unnatur das Treiben der Tritonen, der Nixen, Schlangen und Molche umwucherte, ein rot leuchtendes, von weißglühendem Kieselrund gekröntes Eichenblatt niedersinken. Als er sich wandte, um diesen Gruß zu erhaschen, ward er plötzlich von den kräftigen Armen zweier Tritonen ergriffen und entführt. Eichenblatt und Kiesel in der Faust, den erzglatten Tritonenleib wie ein Roß umklammernd, jagte nun Koronrod durch die schwebenden Haine und Girlanden rosiger Lianen, die wie ein Tunnel in eine weiträumige Halle sich öffneten. Dort unter dem krausen Geäst einer Korallenzeder, die ihren Stamm zum Throne neigte und deren Zweigwerk um den Baldachin sich rankte, saß wie Diana im Geweih eines hirschleibigen Gottes Melusine. Sie winkte ihn schon von weitem freudig, ja, ungeduldig zu sich heran.

»Koronrod, sieh, das Wunder der Menschenliebe. Hier, oh schau, unser Freund.« Da stand, fürwahr, an den Stamm der Koralle gelehnt, als Wächter des Thrones, königlich angetan mit dem seidigen Gewebe der Algen, den Blick unverwandt auf Melusine

gerichtet, der Maler, jeder Anrede sich entziehend wie der eben Vermählte vor der Tür des Hochzeitsgemaches. »Wisse, daß ich dir nun helfen werde, den Weg zu finden, der dich deinem Ziele zuführt.« Melusine gab, als Herrscherin nur mit knappen Worten befehlend, Order zur Reise. Ein Troß ward im Nu gebildet, der den Prinzen geschäftig umschwärmte. Begleitet vom huldvollen Winken der Nixe Melusine, zogen sie sodann durch den Hain zurück zum Fuße der großen Treppe.

Hochgehoben vom Troß der Tritonen, als ein Held auf ihren Schultern getragen, wurde Koronrod über die ersten Treppen geleitet. Die Leiber der Acheronten bildeten ihm die Karosse seiner Auffahrt. Unter ihnen zog das Heer der Verstorbenen. Wie ein Feldherr von der Höhe seines Zeltes hinabsieht auf die Scharen eines geschlagenen feindlichen Heeres, so betrachtete Koronrod gebannt das zähe Wogen der Wesen des Todes. Den Kopf gebeugt, der schwarzgrünen Flut des Stromes sich entgegenstemmend wie dem Eiswind in einer Wüste ewigen Schnees, so zogen sie, stumm, taub und blind, dahin. Unüberschaubar war die Zahl. Sie bedeckten die Terrassen, Treppen und Windungen in wogender, brodelnder Dichte. Nach Zeiten und Alter der Völker, Rassen und Kulturen geordnet, schoben sie sich die Windungen des Totenhorns empor, Myriaden um Myriaden, ein gewaltiges, nicht enden wollendes Heer. Der wie ein Widderhorn gewundenen Form und Ordnung der Treppe folgend, in rasendem Spiralenflug, Jahrhundert um Jahrhundert des Todes überholend, jagte das seltsame Gefährt der Tritonen mit Koronrod empor. Bald war die Spitze des sich aufwärts windenden Totenwurms erreicht. Da lag nun, wie aus blankem Golde geformt, die Treppe vor ihnen. Sie setzten auf.

Koronrod, der sich bereits am Ziele glaubte, blickte um sich im türkisfarbenen Grün des heller werdenden Wassers. Dann schloß er wieder die Augen und stellte sich vor zu träumen, indes er geduldig den Zeitpunkt des weiteren Aufbruchs abwartete. Nun begann der Aufstieg über die Treppe. Zögernd setzte Koronrod seinen Fuß auf die erste Stufe. Alle betraten die Stufen, die kein Mensch je berührt hatte, Stufen von makellosem Glanz, aus goldgelb schimmerndem Marmor gebildet. Zierliche, feingeschliffene und polierte Reliefs und Ornamente waren ihnen eingegraben. Jede der gewaltigen Treppen lag ausgebreitet vor Koronrod wie eine Stadt, geplant und befestigt, ein in Stein gehauener Entwurf einer Gottesstadt. Es waren Abdrücke von den erdachten, erträumten und ersehnten Wohnungen der Götter, von allem, was Menschen je als Wohnung ihren Göttern dargeboten hatten. Ehrfürchtig und mit der gemessenen Haltung derer, die hinter dem Allerheiligsten her wandeln, schwebte der Prinz mit seinen stummen Begleitern darüber hin. Goldener und gleißender erschienen jetzt die Treppen dem Auge. Ihre Ornamente erschienen immer komplizierter, kunstvoller, sich ständig verändernd, bald fließend, bald brodelnd wie der glühende Strom der Lava. Das Wasser um die Treppenstufen begann sich zu erwärmen und zu sieden, und seine Farbe wurde gelb.

Sie mochten im oberen Drittel des Totenhorns angelangt sein, da umhüllten heiße Dämpfe sie mit einemmal, und Feuer schied sich vom Wasser. Plötzlich stürzten prasselnd durch das Orange und Violett der Schwaden die Tritonen sich unter Klagerufen in die Tiefe. Offenen Auges stand Koronrod vor einer Feuersäule. Dies war das letzte Stück des Weges. Das mächtige Dröhnen der Posaune füllte den erbebenden Raum, der, dem Mundstück schon nahe, Teil war des Gerichtsturms und Totenhorns. Nicht sein zagender Schritt mit zitternden Knien trug ihn jetzt weiter empor, sondern ein unwiderstehlicher, himmlischer Sog riß ihn in die Höhe. Immer lauter werdende, schrille Musik vieler Orgeln erfüllte sein Ohr. Durch die immer enger sich zusammenschließenden Pfeiler des himmlischen Mundstücks flog er schneller und schneller nach oben. Da plötzlich, vom mächtigen Schrillen einer Sirene durchbebt, im Nu des Blitzes und verfolgt vom grollenden Donner speiender Vulkane, schoß unter donnerndem Hammerschlag der Prinz ins Blau eines neuen jenseitigen Himmels.

Hoch empor bis zu den Wolken ward unser Prinz getragen. Ausgestoßen zum freien Flug der Liebe landete er in eben dieser Welt, die er vor kurzem noch zu verlassen meinte. Doch wußte er dies nicht, als er einem Elfe gleich über dem Gipfel des Vulkans, der ihn ausgespien hatte, staunend in Schwebe verharrte. Langsam, als wäre Luft ein dichteres Element als Wasser, sank er nun hangwärts neben dem noch dröhnenden, rauschenden, immer noch Donner grollenden Kratergipfel nieder in einem Wäldchen zartgrüner Pinien und inmitten duftender Blüten von Oleander-

büschen. Um die spitzkegelige Kraterburg herum, die ein gleißendes, goldmetallisches Mundstück als Turmspitze zierte, war der glitzernde Mantel des Meeres in der Farbe des Lapislazuli ausgebreitet. Seinen Saum lieblich zu weißen Schaumspitzen klöppelnd, rührte die Brandung spielerisch zart an die Buchten der Insel.

Ob der Anstrengung einer solchen Reise war unser Prinz, nicht anders als der Säugling an der Brust der Mutter schlummert, in tiefen Schlaf gesunken. Da lag er nun, von Blüten und Düften des Oleanders eingehüllt und bekränzt. Er sah die Bucht nicht, die von Delphinen durchschwärmte, austernschalengleiche. Er sah nicht die aus dem goldnen Ufergestein gehauene Bank, reich verziert, darauf die Venus, Aphrodite selbst, saß, ihr Haar lösend, zum Bade bereit. Es war gut, daß er schlummernd dies Schauspiel weiblicher Schönheit nicht bemerkte, auch ihren Blick der Beschämtheit angesichts des immer gleichen, immer wieder gewissen Sieges nicht wahrnahm. Nachsicht bezeigte Aphrodite seinem Schlaf. Sie hätte gelockt, ihn gerufen, gewunken, sich ihm gezeigt, wäre sie nicht, dieses schönen, heiligen Tages eingedenk, ermattet und bedürfnislos, allein dem Vergnügen in dem Elemente hingegeben, welches der Erde sie einst anvertraut hatte. Erst in dem Augenblick, als sie, um in das Muschelbecken ihres Bades zu treten, sich meerwärts wandte und herniederstieg zu seinem schaumigen Saum, erwachte der Prinz.

Glänzend schöne Aphrodite, wie oft schon wurdest du erschaut, im Geiste der Musen gemalt, und wie oft sind aus edlem Gestein die Rundungen deiner Gestalt gebildet worden. Unzählige Male schon hat dein Abbild das schönheitstrunkene Herz der Menschen rauschhaft bewegt. In einem Schleier glitzernder Tropfen erblickte sie der Prinz und rief: »Aura!« Da tauchte die Göttin, von schlanken Delphinen getragen, ins Blau des Meeres. So wies ihm Aphrodite den Weg, indes er sich schon am Ziel wähnte. Den Hang hinab zum Ufer stürzte der Prinz und stieß auf die Bank, wo Gewand, Kamm und Spiegel der vermeintlichen Aura lagen. »Golden ist ihr Haar«, seufzte er und spähte ratlos um sich über die wogende Fläche der See. Doch sah er nichts. Spurlos war Aphrodite verschwunden. Ihr Gewand, nach Rosen und Myrrhen berauschend duftend, küßte er und zärtlich glitt seine Hand über den Griff ihres Kammes.

Ganz gab sich der Prinz dem Gefühl seines Herzens hin, nur darauf war sein Sinnen gerichtet. Denn hätte er sich umgeblickt und den strahlenden Bogen der Bilder in sich aufgenommen, der ihn umgab, so wäre ihm nicht entgangen, daß er, seit Aphrodite der Insel entschwunden war, nicht der einzige am Rande des Strandes war. Unweit von ihm verharrte nämlich der Wächter der Insel. Dies war ein Koloß, hoch gewachsen, einer kupferfarbenen Schlange gleich, die um den Stamm einer Zypresse sich schmiegt.

Inmitten einer Schar von Zypressen, die wie ein Pfeilbündel in den Himmel sich reckte, stand, an einen Stamm gelehnt und seinen Blick starr auf die Gestalt Koronrods richtend, der Besorger des Trompetenmundes und Hüter dieser Insel.

Sein Name war Issah. Unter seinem aufmerksamen Blick floß vom Kraterrand zischend der Feuerstrom flüssigen Goldes ins Meer. Aus dieser Speise schöpfend, goß er zierliche Hohlformen und hämmerte aus hartem Steine täglich neues Gerät zur Lustbarkeit Aphrodites. Er war stumm, und dies waren die Zeichen seiner Liebe und Ergebenheit. Niemals hatte er die Insel verlassen, obwohl ein fliegender Delphin ihm diente und ihn über den Meersaum des innen so feurigen und nach außen hin so friedlichen Hornes trug, wachend, daß kein Unbefugter seinen Fuß auf die Insel setzte. So verzehrend auch Issahs Liebe zu Aphrodite in seinen Eingeweiden wühlte, besiegte sie doch nie die Treue zu seinem Amt. In ständigem Ringen lag er mit diesem ihm halb schon zum Gott gewordenen Skorpion, dessen Stachel er in seinem Fleische trug. Stündlich sehnte Issah beides herbei, Aphrodites Anblick und den Tag des Gerichts über diese Feuerinsel. Es war aber die Bank am Gestade zu Füßen des Kraters der Lieblingsplatz der Göttin. Dort geruhte sie, die Aufwartungen Issahs anzunehmen. Nicht selten weilte sie an Land. Doch zahlreich waren nun schon die Tage, deren Sonnen ihr Bild nicht beschienen hatten. Des Wächters Ungeduld, sie wiederzuerblicken, wurde übermächtig. Langsam und bedrohlich näherte sich jetzt der Bewacher des himmlischen Instrumentes dem Gestrandeten.

Koronrod hatte den Spiegel seiner vermeintlichen Aura erblickt und wie zum Zeichen eines Andenkens, das einer zurückläßt, der für immer sich verabschiedet hat, nahm er ihn zur Hand: »Ach, zu spät bin ich gekommen. Alle Hilfe Melusinens hat mir nicht genutzt,« seufzte er und blickte auf die Scheibe des Spiegels aus weißem Gold. Dann besah er teilnahmslos die prunkvoll bearbeitete Rückseite des Spiegels. Inmitten eines Kreises züngelten strahlend die Flammen des Sonnenrads. Engelgleiche Flügelwesen schwebten darum, umtanzt von Burschen und Mädchen, vereinigt in lustvollem Reigen. In der Mitte der Sonnenscheibe bemerkte der Prinz erstaunt und freudig bewegt das kaum sichtbar eingravierte Wort Aura. Den Spiegel nun mit zitternder Hand wieder wendend und in die makellos ebene, rötlich und hellgelb blinkende Goldscheibe schauend, erblickte er plötzlich die scharfen Augen Issahs, eines Mensch gewordenen Kupferfalken, der drohend hinter seinem Rücken stand.

»Wer bist du?« fuhr der Prinz herum und hob wie ein Schwert den Arm gegen Issah. Ruhig stand aber dieser vor ihm, unbeweglich, unverletzbar, und hielt ihm die Stille des Stummen als eine unbezwingbare Wand entgegen. Nach einem Augenblick stummen Richtens griffen die Arme des Wächters vor und zogen den Leib des Prinzen an die erzene Brust, um ihn daran zu zermalmen. Doch dann, durch den vulkanischen Geruch des Kraters an den

Kleidern des Prinzen anderen Sinnes geworden, ließ Issah den Prinzen genauso rasch, wie er zugepackt hatte, frei. »Aus dem Innern also bist du gekommen?« forschte er mit stummer Geste, staunend auf den Gipfel weisend. Fast ehrfürchtig ruhte nun sein Auge auf dem Prinzen. Dieser atmete indessen tief auf, um die in Todesangst eingezogene Luft aus seinen Lungen zu treiben. Erleichtert gewahrte er die Andeutung eines Lächelns unter der scharf gebogenen Nase, folgte dem Arm, der zum Gipfel wies, mit den Augen und nickte mit dem Kopf, die wortlose Frage bestätigend. Nun nickte auch Issah, freundlich wie es schien, ihm zu.

Später beim Mahle, welches der Wächter ihm bereitet hatte, wurde der Prinz gesprächig. Sich labend und vom schweren Weine kostend, welcher hier würziger denn irgendwo sonst auf vulkanischem Hange wuchs, vergaß er bald den Todesschrecken. Dann sprach der Prinz von Aura. Denn er vermeinte nichts anderes, als daß in dem mächtigen dunkelhäutigen Hünen der Bewacher Auras ihm gegenübersaß. Daß dieser der Rede nicht mächtig war, hatte Koronrod bald schon bemerkt. Doch als die Erzählung des Prinzen, der dem stummen Gastgeber die Geschichte seiner Reise vortrug, von den verstehenden Blicken und Gesten Issahs in einer Art und Weise begleitet wurde, die ihn erkennen ließ, daß er verstanden wurde, erfüllte neue Hoffnung sein Herz. Und wirklich wußte der Hüter des grollenden, feurigen Goldfluß verströmenden Berges sehr wohl, in welcher Gegend Aura zu finden war, und wies ihm den Weg. Koronrods Ziel lag eine Tagesreise entfernt gen Osten. In der Mitte des Meeres, gleich dem vulkanischen Kegel der Insel der Aphrodite steil und schroff aus den Wellen steigend, lag dort die Inselburg der Asras, dem Lande der Mauren vorgelagert. Oft schon war sie dem Falkenblick Issahs ein sehnsüchtig am Horizont erspähtes Ziel gewesen als möglicher Aufenthaltsort der flüchtigen Aphrodite. Mittels einer Zeichnung, welche Issah dem Prinzen mit der Schärfe seines Daumennagels in die Felsbank, auf der sie ruhten, ritzte, tat er sein Wissen kund.

Nun erst, nachdem der Prinz erfahren hatte, daß er seinem Ziel nahe gekommen war, schaute er sich gelassen um. Die Zahl der Besucher, die Issah auf seiner Insel empfangen hatte, mußte gering gewesen sein. Wie es schien, war unter ihnen bislang noch niemand gewesen, der nach der Burg der Asras gestrebt hatte. Dieses lernte Koronrod aus den Gesten des Stummen. Ebenso entnahm er ihnen, daß der erste, der es versuchen wolle, selbst für das Erreichen des Ziels sorgen solle. Auf welche Weise dies geschehen könne, blieb vorerst ein Geheimnis. Das Herz des Prinzen schlug froh, denn er fühlte sich nun dem Ziele nahe. »Aura«, flüsterte er still lächelnd vor sich hin, »eine Tagesreise noch, und ich bin bei dir.«

Im geruhsamen Verlaufe der Unterhaltung war, ohne daß Koronrod es bemerkt hatte, über den dunkelrot und violett erstrahlenden Sonnenball, welcher ins Meer sank, ein tiefblauer, in abertausend Falten geraffter und mit unzähligen Sternen bestickter Vorhang gezogen worden. Rasch war es nun Nacht und kühl geworden. Nur vom Grunde her, auf dem sie saßen und den ständig ein kaum merkliches Beben bewegte, drang eine wohlige Wärme. Issah erhob sich. Auf den schlanken Kupfersäulen seiner Beine schreitend, stieg er, den Prinzen an der Hand führend, einen Weg hinan, der sich wie eine Schlange um den Kegel emporwand. Vor einem Höhlenmaule, das in der schroffen Bergseite gähnte und in dessen Tiefe ein Kohlefeuer glomm, machte er halt. Er mußte sich bücken, um durch dichtgewachsenes und hartes Gras in das Innere der Höhle zu gelangen. Der Prinz folgte ihm stolpernd nach. Dies war das Nachtlager Issahs, des Wächters. In einem Winkel, der von den glimmenden Scheiten der Feuerstelle noch schwach erleuchtet wurde, legte Koronrod sich zur Ruhe. Doch der Schlaf wollte nicht leicht über ihn kommen. Wach lag er noch lange Zeit und lauschte dem Girren der Zikaden. Dem Glücklichen schlägt keine Stunde, sagt man, und dem auf Glück Wartenden vergeht nicht die Zeit. Allzu langsam verringerte sich die trennende Weite zwischen der fernen Aura und dem Prinzen.

Von einer großen Ungeduld bewegt, erhob der Prinz sich und trat hinaus vor die Höhle. Aus dem Krater reckte sich eine Feuerzunge zum Himmel, die an die Sterne zu rühren schien. In ihrem Licht warf die Gestalt des Prinzen einen schwankenden Schatten meerwärts. Bang starrte Koronrod in die erleuchtete Nacht. Ein dumpfes Grollen mischte sich in das Sirren der nächtlich emsigen Insekten, und aus der Ferne drang der Schrei eines Pfaues. »Die letzte Nacht vor dem ersten Tag«, kam es leise von Koronrods Lippen. Und als hörte er die Stimme Issahs in sich sprechen, ja singen, erklangen als Echo die Worte: »Letzter Tag vor ewiger Nacht.« Im Reigen der Gestirne, befestigt von unwandelbarem Glanze, erleuchtete die Sichel des Mondes die unendliche Ruhe der nicht endenden Paarung der Geschöpfe. Eine sinnliche Anbetung der heiligen Wurzel aller Regungen und Bewegungen.

Da stand wie dem Vulkane entwachsen Issah plötzlich an seiner Seite und hob seine langen Arme gen Himmel, so als wolle er die Sichel des Mondes, wie ein Knabe ein Schiff aus Papier ergreift, noch höher heben. Aus seinem den Worten der Menschen verschlossenen Munde drang Vers um Vers jener Laute, welche nur der Himmel kennt. Getragen vom Melos der Nacht, ertönte die stammelnde, verzückte Arie des Ewigen. Hier ist die Wende das Ende, dachte der Prinz, ahnend, daß das Ziel aller Kreatur dieser Gesang war. Dies ist die Nacht der Hochzeit, die nach allem Sein und Sehnen, nach allem Lieben und Leiden meiner harrt. Nacht, Schöpfung, Hochzeit. Ahnungsvoller Sänger der Ewigkeit. Nacht um Nacht mit der aufgehenden Sonne sich wieder neigend. Dem Tag zu. Diese Gedanken huschten, die Teile zum Kranze bindend, durch Koronrods Kopf. Wie kann es nur sein, fuhr er in seinen Gedanken fort, daß solche Versenkung, solch ein Entzücken hier auf Erden möglich ist. Wie vermag dies inmitten all der Verwesung und aus den Gräbern aufzusteigen, um dann doch wieder zurückzukehren in den Staub. Warum all diese Mühe?

Da plötzlich erschien es dem Prinzen gewiß, daß er morgen in der Frühe die Insel verlassen würde, um zu Aura zu gelangen. Er war unterdessen zu Füßen Issahs niedergesunken und lauschte den tönenden Rätseln der Natur. Da ließ mit einem Male die Stille die Saiten ihrer Silberfiedel erklingen und legte sich zwischen die beiden. Issah sank stumm zu Boden. Ruhig und tief war der Schlaf, der sie überkam.

Als Koronrod erwachte, ragte die Sonne schon halb aus dem Meer. Issah hatte längst begonnen, die Kreise seines Wachens, auf dem Delphin durch die Brandung reitend, um die heilige Insel zu ziehen. Erquickend und heiter war dieser Anblick. Auf seinem Reittier aus den Wogen schießend, um alsbald aus freiem Schweben über den Wogenkämmen wieder in die Täler abzugleiten, trug Issah stolz das Kleid seiner kupferdunklen Nacktheit. Dem Prinzen wurde es traurig ums Herz. Ihm war wie einem Wanderer zumute, welcher unerwartet ein nicht gesuchtes Ziel erreicht hat, ein bloß geahntes, auf dieser Erde nicht vermutetes, und der dieses Ziel, weil es nicht das gesuchte ist, wieder verlassen muß, wohl wissend, daß eines letzten Tages sein Weg doch hier enden wird. »Freund, ich muß dich verlassen«, rief er. Da stand Issah schon vor ihm. »Ich hoffe dich einst wiederzusehen. Gedenke meiner.« In Issahs Augen blitzten Tränen, und ein bellender Laut fuhr aus seinem Mund.

An Issahs Hand die Windungen des Weges um den Kegel wieder hinunter geführt, gelangte der Prinz zum blühenden Busch, in dem er gestern gelandet. Wie in jenem Augenblick seines Erwachens saß auf der Bank Aphrodite, bereit zum Bade. Issahs Abschiedsumarmung war hart wie die vortags tödlich gemeinte des Grußes. Doch die Sanftmut des Geweihten, der den Adepten vor Beginn des heiligen Opfers küßt, schwang darin mit wie ein Glockenton. Dann stieg Koronrod gemessenen Schrittes hinab zum Ufer, gesenkten Blickes, wie das Zeremoniell es von denen fordert, die vor eine Königin treten.

Nicht nur blendend schön ist Aphrodite, die Göttin der Liebe, sondern auch gütig. Die geheimsten Wünsche der Liebenden errät und erfüllt sie. So war, noch ehe der Prinz den Hafen erreicht hatte, um sich bittend an sie zu wenden, schon alles bereitet für seine Fahrt.

Wie ein Bildwerk aus Alabaster stand sie da, mit der Spitze ihres Fußes das Wasser berührend, ein Monument unvergänglicher Leichtigkeit und Jugend, Träume und Streben aller Liebenden zu allen Zeiten in einem Leibe zusammenfassend. In ihrer Rechten hielt Aphrodite den goldenen Spiegel. Während sie in ihn blickte und darin dem nahenden Prinzen mit den Augen folgte, fiel rasch, von der linken Hand befördert, das faltenreiche, eben noch um Nacken und Locken gelagerte Hemd ihr über die Schultern. Verhüllt und zur Reise bereit fand der Blick des Prinzen die Göttin. Geziemenden Abstand haltend, verharrte er hinter der am Altare seiner Liebe opfernden Priesterin. Nicht ein Wort wurde gewechselt. Da gedachte der Prinz noch einmal der heiligen Nacht, die er hatte auf dieser Insel erleben dürfen. Sein Blick streifte dankend den Himmel über der feurig metallenen Spitze des Kegels. Oh, hohe Nacht nie geahnter Erschütterung, seligste Nacht meines

Lebens, dachte er. Er konnte nicht ahnen, daß gerade diese Stunden des himmlischen Gesanges und seines Bleibens auf dem Berg zu den finstersten in Sarbas Leben geworden waren.

War auch den Augen der Schlange Nefroweg alles Geschehen der Liebe offenbar und kaum ein Ort ihnen verborgen, so vermochten sie doch die Insel der Venus nicht zu erschauen. Nie hatte die alte Schlange das Todeshorn, den Trompetenberg des Gerichts gesehen. So wußte auch Sarba nicht, wo der Prinz, den so heiß sie herbeisehnte, seitdem er den Eichenwald betreten hatte, verblieben war. Wohl hatte sie den Sänger mit milden Blicken begleitet bis an die Küste des Meeres. Doch Koronrod und seinem Weg konnte sie nicht folgen. Ihr Zauber versagte, und sie wußte nicht wie ihr geschah. Ein verzehrender Brand war in ihren Eingeweiden entfacht und ein Durst nach des Prinzen Liebe, wie sie ihn noch nicht gekannt. Sorgsamer noch als je zuvor ließ sie Aura bewachen. Da endlich, nachdem sie einen Tag und eine Nacht vergeblich in den Augen der Schlange das Bild des Prinzen gesucht hatte, erblickte sie es wieder. Von einem Zug von Delphinen getragen, wie auf einem Floße ruhend, trieb er heran.

Vor den Augen Koronrods hatte sich während dieser Überfahrt die Tiefe des Meeres in all ihrer Klarheit und all ihren Wundern aufgetan, ein Reich von betörender Vielfalt. Den weißen Wal und den Rücken des Leviathan hatte er geschaut. Ebenso der gefallenen Engel tiefe Verließe. Und die Geschwader unzähliger versunkener Schiffe, die Masten mit Tang getakelt, den letzten Kurs an immer gleicher Stelle segelnd. Auch einen Admiral dieser Flotte hatte er erspäht: den mit dem Panzer einer Schildkröte verwachsenen Riesenwurm mit Menschenhaupt. So war er bis Mittag, als die Sonne hoch über seinem Kopfe stand, in die Richtung, aus welcher sie aufgegangen war, auf dem delphinischen Floße über die Wellen geglitten, das Ziel seiner Sehnsucht noch immer vergeblich am Horizont suchend. Da endlich gewahrte er die weiße, aus dem Saphir des Himmels Funken schlagende Wand einer felsigen Insel. Das Ziel seiner Reise lag vor ihm.

Schroff stiegen in blendendem Weiß die Quader der Inselburg aus dem Meer. Als wären Riesen am Werk gewesen und hätten Felsen, leuchtturmgroß, vom Grunde des Meeres aufgeschichtet, so ragte, Block um Block, die Insel turmhoch aus der Brandung. Auf dem von Gigantenhand errichteten Bauwerk aus glitzerndem Urgestein erhob sich in abweisender, metallisch funkelnder Glätte die Burg der Asra. Einst, als sie aus der Wüste des Festlandes kamen, hatten die verwundbarsten unter ihnen sich hier den Turm ihrer Zuflucht erbaut. Morgenländische Kunst in Steinwerk zierte die Zinnen. In den lotrechten, bis in den Meeresgrund gezogenen Felsklüften hatten Zypresse und Kiefer sich verkrallt, das Weiß des Gesteins wie mit Narben überziehend. Tief unten, dort wo die Brandung an den Felsen schlug, rauschte aufschäumend die Gischt in tiefen schwarzgrünen Grottenschlünden. Dem fernen Betrachter bot dieses schroffe Geviert nichts als die nahtlose Wand seiner Quadern dar. Nur wer nahe genug herankam, konnte die Tore und Fenster, Treppen, Brücken und Seilwinden erkennen. Die Bauleute hatten einst tiefe Kerben in den Fels hineingehauen und in diesen zahngleichen Schründen die Burg errichtet. Auf kleine Blöcke immer größere schichtend, wie eine umgekehrte Pyramide von der Spitze her breit ausladend gegen den Himmel gerichtet, schufen sie die tragende Basis der Wände. Die Wände selbst wurden durch ein fugenlos bis zu den Zinnen hinauf gemauertes,

strahlendweißes Steinwerk gebildet. So saß die Burg als ein fein gefugter und polierter Marmorquader auf dem zerfurchten Fels, wie von Vulkan und Zyklopen auf dem Meeresgrunde selbst errichtet.

Ein Schuß zerriß plötzlich die reglose Stille des Mittags. Ein krachender Donner rollte polternd das Ende des Friedens wie einen lästigen Stein vor sich her. Das über die Kämme der Wogen gleitende Floß, von den seifig glatten Rücken der Delphine gebildet, versank und zerstob. Koronrod sank langsam in die zur Küste strebenden Wellentäler. Naß und kalt, vom Salze der See an Augen und Lippen geätzt, vom Sog einer mächtigen Woge gezogen, landete er in einer der Grotten, hingeworfen an die nachtschwarzen Wände. So erreichte der Prinz das Ziel seiner Reise. Wild um sich schlagend und nach den scharfen Kanten der vom Meere ausgelaugten Riffe tastend, entzog er sich mit letzter Kraft dem Schlagen und Saugen der Brandung. Da hockte er nun zitternd am Grunde des unterhöhlten Felsens, geborgen und doch verbannt. Nach einer Weile erblickte er beim blassen Schimmer des vom Meere hereinströmenden Lichts eine in den Fels gehauene Treppe, welche aufwärts ins Dunkel führte. »Poseidon sei Dank,« murmelte er. Mit letzter Kraft erklomm er die Stufen. Dann schwanden ihm die Sinne. Mit krampfhaft gebogenem Arm hing er an einem erzenen Ring, der in die Wand des Aufganges eingelassen war, als die Wachen Sarbas den Erschöpften fanden. Kurz darauf erwachte der Prinz. Auf einem Lager von bunten Kissen und Decken fand er sich wieder in einer winzigen, kaum mannshohen Zelle, die ein kleines Wachslicht erhellte. Ganz nahe bin ich dir nun, Aura, dachte er und fiel in einen abgrundtiefen Schlaf.

Wenn ein Liebender seinem Ziele nahe gekommen ist, wird seine Seele zuweilen von einer saturnischen Melancholie ergriffen. Das ersehnte und geliebte Wesen, zum Greifen nah, wird dann auf einmal zum Symbol des ewig Unerreichbaren, auf das dem Liebenden nur mehr ein ahnungsvoller Blick aus der Entfernung gestattet ist. Wie in einen Spiegel blickend, schaut er auf das ihm nun so nahe Geschöpf, es begehrend und doch bereits mit seinem Sehnen über dieses hinausweisend auf jenes andere Wesen zu, dem er, ohne es noch zu ahnen, zugeführt werden soll. Im Traume dieser Nacht, der ersten, die er mit Aura unter einem Dach verbrachte, gewahrte er einen Baum, der unzählige weiße Blüten trug. Den Stamm dieses Baumes bildete ein Mann. Mit den Füßen im Erdreich wurzelnd und die Arme, mit tausend Ästen versehen, in den Himmel gereckt, stand er völlig unbeweglich da. Uralt war er, dieser Mann aus Baum. Dort, wo die ersten starken Äste ihm aus dem Stamme wuchsen, befand sich sein Haupt. Die Flechten seines vollen weißen Bartes reichten ihm herunter bis an den Nabel. Eine mächtige, goldene Schlange umspannte den Baumleib von unten nach oben. Vom Erdreich bis ins höchste Laub der Baumwipfel reichend, armdick mit zackigem Muster, ringelte sich das glänzende Reptil empor, ein nacktes Weib verfolgend, welches in der Baumkrone seine Zuflucht gesucht hatte. Immer höher stieg das Weib, bis hinein in das starke Geäst, wohin ihr die Schlange nicht mehr folgen konnte. Den Blüten dieses Baumes entwuchsen Früchte, von denen das Weib kostete. Nicht viel, ein paar Bissen bloß, was den Träumer erstaunte, sahen doch die Früchte reif und verführerisch aus. Vom eigenen Traumbild nun ein wenig zurücktretend, sah der Schläfer, wie es sich abhob vom Himmel der Nacht, der weit über dem Baume aufgespannt hing. Das Weib kletterte weiter, leicht wie ein Hauch. Ja, es schien zu schweben. Fast wurde es eins mit den zartesten, vom Schauer der Nachtkühle bewegten Zweigen. Schließlich griff es, weit aus dem Blätterdach herausragend, nach den Sternen. Mit atemloser Spannung gewahrte der Schläfer, wie es sich anschickte, nach dem Morgenstern zu greifen. Da erwachte er.

Die dreizehn Stunden

Der Morgen dämmerte. Durch eine Scharte an der Decke seiner Zelle fiel fahles Licht. Noch war die Sonne nicht über den Horizont gestiegen. Kein Laut war zu vernehmen, nicht die Brandung des Meeres, kein Vogelruf, kein Lärm von Menschen. Zwischen Schlafen und Wachen wälzte der Prinz sich auf seinem Lager hin und her, bald sich auf einem wogenden Delphinfloß wähnend, bald wandelnd in seines Vaters Schloß. Eine wohlige Ruhe überkam ihn endlich, und als läge er schon in den Armen Auras, sank er erneut in einen tiefen, erquikkenden Schlaf. Vom Dufte eines Kaffeegebräus wurde der Schläfer sanft geweckt. Neben seinem Lager gewahrte Koronrod einen Mohren, der ihm gegenüber auf dem Boden saß. »Gewiß habt Ihr Beschwerliches durchgemacht.« Mit diesen Worten wies dieser kichernd, die weißen Zähne fletschend, auf das zerfetzte Gewand des Prinzen. Dieser kleine freundliche Mohr erwies sich als ein in allen Diensten bewanderter Kämmerer. Er schaffte sogleich mit flinken Fingern Nadel, Zwirn und farbiges Tuch aus einem Körbchen herbei. Dann sprach er: »Während mein Herr badet, soll das Nötige getan werden. Er soll schön sein, sehr schön, wenn er empfangen wird.« Auf der gegenüberliegenden Seite des Lagers befand sich ein großes Messingbecken, randvoll mit warmem frischem Wasser gefüllt, daneben lagen Tücher und Seife. Während der Prinz sich erfrischte, nähte der Mohr eifrig, besserte kundig aus, bürstete und bügelte das Gewand, so daß es fast wieder wie neu anzuschauen war. Unter dem zufriedenen Blick seines neuen Dieners stärkte sich sodann der Prinz. Bald glich er eher einem jungen Herrn, der Lust verspürt, auf erneute Pirsch sich zu begeben, als einem Gefangenen.

Es war seinen Augen nicht verborgen geblieben, daß die Tür mit schwerem Riegel verschlossen und mit einem vergitterten Guckloch versehen war, aus Eisen geschmiedet, so wie man es in den

Gefängnissen allerorts vorfindet. Aller Schein einer sorgsamen Gastfreundlichkeit konnte unseren Prinzen daher nicht täuschen. Als er wieder alleine war, wurde ihm schmerzvoll bewußt, wie er so ganz und gar machtlos in die Hände Sarbas gefallen war. Sinnend überfiel ihn mit einem Male das Gefühl einer Schuld. Hatte er nicht schändlich der teuren Freundschaft Sagefrohs vergessen? Lebhaft erinnerte er sich an das frohe Wesen des Sängers, so sehr, daß er vermeinte, die Klänge seiner Laute zu hören. Täuschte er sich? Trogen ihn seine Sinne? Deutlich vernahm er, Akkord für Akkord, ein Lied. Während er gebannt dem Liede lauschte, traf sein Blick auf die wenigen Gegenstände, die der Mohr, um das Flickwerk zu besorgen, aus seinen Taschen entfernt hatte. Da lag nebst einem zierlichen Dolch, einem Haarkamm und einem kleinen Lederbeutel, der einige Münzen barg, ein fest zusammengerolltes Eichenblatt. Das ist des Freundes letzter Gruß gewesen, dachte Koronrod, dieses Blatt, beschwert mit einem weißen Kiesel. Er nahm das Blatt, das um den Kiesel sich schmiegte, und küßte es. Während er des Freundes sehnend gedachte, wurde ihm mit einemmal deutlich, daß fürwahr der Klang einer Laute an sein Ohr drang. Als darauf noch Gesang erscholl, rief er laut: »Der Sänger! Wahrhaftig, Sagefroh ist hier!« – Die Weise verklang und noch einmal rief er laut den Namen des Freundes. Doch am gebrochenen Schall seines Rufes erkannte er betrübt, daß kein Laut nach außen dringen konnte.

Als hätte sein Schrei dem Mohren gegolten, erschien dieser. Seine Freundlichkeit war verflogen. Durch bleckende Zähne mekkernd, sprach er höhnend: »Mein Herr hat gerufen?« Dabei bukkelte er wie ein Kater und zog einige Kratzfüße, damit andeutend, daß ihn das Rufen verärgert hatte. »Nicht dich habe ich gerufen, sondern den Freund. Er ist gewiß so wie ich hier euer Gefangener.« Blöde die Augen rollend und die Stirne in krause Falten legend, zuckte der Mohr die Schulter: »Nicht gefangen, nichts gehangen. So alles gemacht.« Mit diesen unverständlichen Worten fing er an, den makellosen Marmor der Fliesen mit einem Besen zu kehren. »Du mußt mich zu deiner Herrin führen«, flehte nun Koronrod eindringlich. »Herrin krank, todkrank. Ich bin dein Diener, du bist der Herr. Wenn mein Herr gerufen wird von meiner Herrin, so eile ich. Nur dann. Und führe meinen Herrn zu meiner Herrin.« Als wollte er seine Worte unterstreichen, hüpfte der Zwerg auf einem Bein, während er das andere weit hinter sich streckte und den plumpen Oberleib vorwölbte. Wie ein Rabe im Flug sah er aus. »Du bist nicht mein Diener. Mein Gefängniswärter bist du. Laß mich allein«, rief Koronrod aus. Der Mohr öffnete weit seinen Mund und ein schauriges Jaulen drang aus seiner Kehle, schmerzerfüllt wie die Klage eines verwundeten Tieres. Da sagte sich Koronrod, daß auch dieses Geschöpf unter einem Bann stünde, den er nicht brechen konnte. Und so fügte er beruhigend hinzu: »Sei mir nicht böse. Ich verstehe schon.«

»Mein Herr hat gerufen, aber die Herrin ist todkrank. Niemand kann helfen.« Tränen eines tierischen Schmerzes standen in des Mohren Augen, und sein Gesicht zeigte kummervolle Züge. »Aber ich habe doch Musik vernommen. Es ist mir ein Zeichen, daß mein Freund Sagefroh hier weilt.« »Herr, nicht Musik, Lärm ist es. Sarba, die Herrin, ist davon krank.« Der Mohr nickte erschrocken. Sein großer Kopf schwankte auf seinem Halse. Verständnislosigkeit und Trauer waren in seine Züge eingeschrieben. So rasch wie er gekommen war, schlurfte er davon. Als der Mittag nahte, stand der Mohr wieder vor ihm. »Hast du deine Herrin gesehen?« fragte drängend der Prinz. Der Mohr nickte bejahend. Er schien eher betrübt zu sein, denn sein Grinsen war plötzlich aus seinen Zügen gewischt wie Kreidezeichen von der Schiefertafel. »Heute abend sollst du sie sehen«, sprach er mit knarrender Stimme. Ehe der Prinz noch weiter fragen konnte, war er verschwunden.

Die Zeit bis zur Dämmerung verging dem Prinzen nur langsam. Als es schließlich dunkelte, schien ihm eine Ewigkeit vergangen. Da endlich wurde die Tür geöffnet. Grobe Fäuste rissen die Riegel zurück, und schweren Trittes stiegen zwei riesige, klobige Gestalten in Lederwämsen zu ihm herein. Tief mußten sie sich bücken, um in die Zelle zu gelangen. Ehe der Prinz auch nur daran denken konnte sich zu wehren, ward er schon an Händen und Füßen gebunden und auf den Schultern der beiden aus der Zelle getragen. Hatte ihr Weg sie zunächst durch enge Gänge geführt, so ging es bald über steile Treppen abwärts. Fackeln erhellten den Weg. Ohne Abwechslung zogen die geometrischen Würfelfugen des Gemäuers an Koronrods Augen vorbei. Von kühlem Ebenmaß, ja allzu regelmäßig erschien dieses Bauwerk dem Prinzen. Jeder dieser steinernen Kuben hatte wiederum das Aussehen eines Gefängnisses. Wesenlos, so als hätten nicht Menschenhände sie gebaut, nicht Menschengeist sie ersonnen, starrten diese Mauern ihn an. Da wurde es plötzlich hell, gleißend hell. Aus dem Gang hervortretend, befanden sie sich auf einer balkonartigen Loggia, die in einen Saal von gewaltigen Dimensionen hineinragte. Rasch lösten die Häscher die Bande des Prinzen. Als wären sie nun seine ergebensten Diener, boten sie ihm einen Thronsessel an, von dem aus er den von Kerzen erhellten Raum unter sich geruhsam betrachten konnte.

Er befand sich, so dünkte es Koronrod, in einem Theater, dessen Logen, Ränge und Sitzreihen, oval verlaufend, stufenförmig übereinandergereiht, bis an die Säulen führten, welche die mächtige Kuppel trugen, die über dem Ganzen sich wölbte. Der Prinz war nicht der einzige Besucher. In großer Anzahl strömten Gestalten, in lange weiße Gewänder gehüllt, in den Saal. Es dauerte nur wenige Augenblicke, bis das Theater sich gänzlich gefüllt hatte. Lautlos und feierlich schritten sie, bis ein jeder auf einen bestimmten Platz sich niedersetzte. Ein Bild von fast klösterlicher Ordnung. In ihren Gewändern wirkten die Gestalten, da nun vollzählig, wie ein Konzil von erhabenen Geistern. Hände und Füße blieben unter den wallenden Falten ihrer Gewänder verborgen, und von ihren Gesichtern konnte der Prinz nur einen Schatten erhaschen, einen grauen Schimmer, der den Schleier, der sie bedeckte, zart nur durchdrang. Alle waren verschleiert, Männer und Frauen gleicherweise. Nur an ihrem Gang und an den Bewegungen ihrer Arme konnte der Prinz sie unterscheiden. Ein duftender Hauch von brennendem Wachs und Weihrauch erfüllte die Luft und trug die andächtige Beredsamkeit der festlichen Stille als keusches Gewölk hoch ins Gewölbe der Kuppel. Dort ballte es sich wie Gewitterwolken über der stummen Versammlung, die seine Entladung in Blitzesstrahl und prophetischem Donnergroll zu erwarten schien.

Aufblickend ins Gewölk und dieses durchdringend, gewahrte der Prinz die geschwungene Harmonie des Maßwerkes, welches die Kuppel trug. Halbkreisförmige Schlangenbogen strebten im Rhythmus einer sich in Ringen verjüngenden Schuppenstruktur zu einer ovalen Öffnung im Zenit der Kuppel, aus der ein leuchtender Glanz auf die Wolke niederstrahlte. Alles schien auf diesen Lichtmund zu starren. Da begann ein zunächst noch kaum hörbares Trommelrühren den Raum zu erfüllen, und immer heftiger sich steigernd, rollend, bald brausend und donnernd, ließ es Mensch und Gemäuer erbeben. Es war, als wollten der Fels und die Burg sich auf den Schwingen eines übermächtigen Strahles in den Himmel erheben. In diesem Augenblick schnitt, begleitet vom langgezogenen Pfeifton einer Flöte, der erwartete Blitz, vom Zenit des Gewölbes her die Wolke zerteilend, ein öffnendes, klaffendes Zeichen in das Herz der versammelten Gemeinde. Ein erschütternder Schrei fuhr wie aus einem einzigen Munde als Echo zur Kuppel empor. Die Gestalt einer Frau war, den Schleier ihres Gewandes wie einen weißflammenden geschweiften Kometen hinter sich herziehend, in die Mitte der Halle geschwebt.

»Sarba«, fuhr es durch Koronrods Hirn, gleichsam dem Blitzstrahl ihrer Erscheinung sich anschließend. Er gewahrte mit atemloser Anspannung, wie sie dem Taucher gleich, der die Tiefe des Meeresgrundes erreichen will, die Arme ausgestreckt, mit gefalteten Händen ins Zentrum der Erde zielend, in den Krater eines aus dem geringelten Leib einer Riesenschlange gebildeten Kreises fuhr. Sie versank tief darin. Kaum noch hörbar war jetzt der Ton der Flöte. Das Rollen der Trommeln verebbte, die Schlange entwand sich und gab Sarba frei. Die Arme fest hinter ihrem Nacken verschlungen, die Beine verschränkt wie in einer erstarrten Drehung des Leibes, stand sie reglos da. Sie war verhüllt, und doch zeigte sich das nackte Elfenbein ihres Leibes, vom rauchigen Braun qualmenden Opiums betaut, durch alle Schleier hindurch, so wie eine Sonne sich hinter Wolken eher sichtbarer zeigt, als daß sie von ihnen verhüllt wird. Nun hob das Spiel der Trommeln wieder an, durchwoben vom klagenden Ton einer hoch gestimmten, schrill schnarrenden Schalmei.

Von den Zehenspitzen her, die Schenkel fest zusammengepreßt, sich in den Hüften langsam wiegend und drehend, die Lenden fest gespannt, den Bauch leicht nach außen gewölbt, fing Sarba an zu tanzen. Und mit ihr, jeder Zuckung, jeder Bewegung ihres Leibes folgend, tanzte die Schlange. Im Oval des Grundes der Arena gähnte eine unbehauene, zackige, zur Glätte der Marmorfliesen

scharf kontrastierende Öffnung, aus der das Reptil als ein nicht endender Riesenwurm hervorquoll. Aus der Tiefe der Felseninsel heraus schien die Schlange zu kriechen. Vor Jahrtausenden war Nefroweg, die Schlange, aus den irdenen Schalen im heißen Sand der Wüste ausgeschlüpft und hatte, als echter Sproß der Urschlange die Alleinherrschaft beanspruchend, diese einsame Insel gesucht. Nichts vom nahen Horn des Todes und des Gerichtes ahnend, war sie, einem Gesetze höherer Ordnung folgend, als einziger schon gerichteter Zeuge des noch zu haltenden Gerichtes auf diese Insel gelangt. Hier war es, wo sich Sarbas Kunst der Beschwörung an Nefrowegs Kraft entwickeln und erproben konnte. Jetzt dem Dunkel zur Gänze entronnen, umringte die Schlange den vollen Umfang der Arena. Sich rhythmisch in Wellen aufwerfend, durchtanzte sie das Oval. Sie umkreiste mehrmals, dem immer rascher werdenden Takt der Trommel und den Bewegungen der Tänzerin folgend, Sarba. Tänzerin und Schlange flochten ihre Bewegungen ineinander, fließende, wogende Girlanden bildend. Eine schwingende und betörende Verzückung hatte Koronrod völlig gefangengenommen. Wie die übrigen Zuschauer in dieser Halle war er eins geworden mit dem Tanz und als staunende Blume in Sarbas Siegeskranz eingeflochten.

So wie der liebliche Zauber Melusinens den Prinzen am Anfang seines Weges zu Aura in Bann geschlagen hatte, so wurden ihm jetzt der ungekannte Liebreiz und die Kraft Sarbas zum Verhängnis. Wie Melusine ihn mit der Kunst ihres Gesanges und Tanzes berauscht hatte, nahm jetzt Sarba durch die Magie jener Urkünste seine Seele und seinen Körper in Besitz. Es wäre nun die Gelegenheit gewesen, unter allen, die da versammelt waren, Aura zu erkennen, doch der Prinz versäumte es, nach ihr zu suchen.

Ist des Prinzen Weg denn ein ständiges Erliegen seiner Natur, wann immer er einem außergewöhnlichen Wesen begegnet? Sind diese Begegnungen, jede für sich, in einer widersprüchlichen Weise bedeutsam oder hängen sie doch miteinander zusammen, einen Organismus bildend, welcher Auras Wesen wie ein Herz, ein Zentrum, eine Seele umschließt? Durch alle Augen hindurch, in eine verborgene Dunkelheit blickend, alle Leiber schöner Frauen durchdringend, ist unser Blick immer auf das unfaßbare Wesen, das wir ewig suchen, gerichtet, auf das Weibliche. Dieses Wesen aber ist, gestehen wir es ein, Venus selbst, die ewig junge, uralte Aphrodite: Eva im Paradiese. Wenn eines Mannes Herz unstet, ewig suchend sich gebärdet, kann es da nicht sein, daß er, die Hüllen durchdringen, das Zentrum, den Kern aller Schöngestalt und weiblichen Anmut besitzen will, weil sein ganzes Wesen und Trachten nur in der Hingabe an dieses Innere liegen? Und schließlich, muß nicht alles ihn dann abstoßen, was nicht ganz und gar übereinstimmt mit diesem Innersten? Taumeln sie nicht alle dahin wie die Blinden, die Körper an sich reißend und sie wieder verwerfend, einzig beseelt vom Verlangen, die begehrte Geliebte endlich ganz und für immer zu besitzen? Offenbart eine solche maßlose Gier nicht auch einen wahrhaftigen Anspruch? Die Selbstsüchtigen hingegen, die Satten, die Wählenden, jene, die alles schon immer wissen und daher lieber kein Weib nehmen als an vielen zu scheitern, diese haben sich selbst verworfen. Das oft gesagte, gebrüllte oder gehauchte, unzählige Male schon geflüsterte Wort Ich-liebe-dich verweht gar leicht. Doch ist es darob eine Lüge? Eines Tages bekennen wir es der zweiten oder dritten Geliebten. Kann denn die Liebe sterben und wieder auferstehen? Aus all diesen Fragen hallt das Wort Liebe beinahe wie ein Fluch zurück, und kein Trost vermag das Delirium des Verliebten zu lindern. Eine seligmachende Geißel ist die Liebe, eine Peitsche, die uns lebendig macht, bis sie uns endlich auch niederwirft und schlägt. Im Staube liegend, vom Tode schon gezeichnet, aller Hoffnung ledig, den kommenden Tag zu erleben, flehen, jedem Widerspruch zum Trotz, alle dennoch um sie. Und Legion ist die Zahl derer, welche ihr Leben ausgetreten haben wie einen qualmenden Docht, weil das Licht der Liebe an ihm sich nicht entzündete oder erlosch.

Ob solcher Gedanken durchzuckte Koronrod ein bohrender Schmerz in seinem Herzen. In diesem Augenblick lief ein rollendes Beben durch Felsgrund und Gemäuer der Insel. Tief aus den Gründen des Todeshornes stieg es herauf wie ein geballter Faustschlag von der Trompeteninsel. Schwankend und in seinen Fugen knirschend erzitterte das Schloß der Asra wie ein Schiff im Sturm. Gestoßen vom Grunde her, schlug das Feuer des Erdenkernes aus dem Felsloch im Zentrum der Arena hervor. Einen Moment lang rollte ein gedämpftes Raunen durch die Stille panischen Schrekkens. Doch dann brach Jubel aus. Frenetisch, orgiastisch steigerte sich die Musik, und Nefroweg schoß, den Rachen weitend, auf die hervorbrechende Lohe zu.

Koronrod, sein Gesicht mit den Händen bedeckend, war durch dies schaurige Schauspiel zutiefst erschreckt. Nur ihm hatte, so klagte er sich an, das Zeichen gegolten. Er spürte Aura ganz in seiner Nähe. Unsichtbar, nur im Spiegel der Ereignisse, stand ihre Seele vor ihm. Sein Bewußtsein erhellte durchstrahlend alle Ahnungen, die ihn bisher erfüllt hatten, und tönte schwarz den Schatten Sarbas, der wie ein Pfeil sich in seine Seele bohrte. Doch vergeblich. Aufrecht, der tanzenden Schlange gleich, stand dieser Schatten vor ihm, geworfen und umglort vom Licht Auras. Sarbas Tanz hatte seine Liebe zu Aura entthront. Drohend stand sie vor ihm, gebietend wie eine Herrscherin. Koronrod liebte sie, nur sie, alles andere um sich herum vergessend. In Verzückung und Verlangen starrte er die Tänzerin an.

Sarba schien wie von Sinnen. Sie stand regungslos, lächelnd, ein träumendes Kind von zarten Schleiern umhüllt. Unter den Purpurschatten ihrer gesenkten Lider hing der schwarze Onyxmond der Asra, milde strahlend unter den abertausend Sternen des Himmels und seiner Liebesnacht. Wie auf schlanken Barken glitten Sarbas Hände, den breiten Strom der Gefühle teilend, der nun beide Seelen verband, dem Prinzen entgegen. Sanfte Finger berührten seine feuchten Wangen. »Liebste, du«, flüsterten unhörbar seine Lippen. Es waren die Schwingungen der Liebe, die ihn fühlen und hören ließen, was in Sarbas Herzen geschah. Er zitterte am ganzen Körper und nahm nichts mehr wahr außer ihr, nur Sarbas braungoldenen Schatten inmitten eines blendenden Meeres von Weiß. Die Musik war seinen Ohren verklungen, und das Flüstern ihrer Stimme drang schwer in ihn ein. Deutlich, wie aus einem Riesenmund gehaucht, von unzähligen Echos durch eine Grotte getragen, vernahm er Sarbas Worte: »Noch nie habe ich so geliebt. Sag einmal ...«, weich und langgezogen, jeden Laut im Sange dehnend, führte sie die Worte ihm ein, die als neuer Atem seine Brust erfüllten. Ein quälendes Feuer brannte in seinem Leibe und versengte seine Glieder. »Was«, stieß er hervor, »was, oh sag?« »Ich habe Angst, dich zu verlieren«, flüsterte Sarba, und es klang wie das Schlagen der Brandung in jenen flachen Buchten, welche glatt, kalt und glänzend voller Kiesel sind und ohne Spur von Geschöpfen. »Ich liebe dich. Mehr als mein Leben.« Der Prinz hatte diese letzten Worte wie einen Feuerstrahl aus sich herausgestoßen. Langsam gedehnt, die Worte gleich rasenden, wirbelnden Feuerzungen zur Kugel ballend, rollte diese Botschaft auf Sarba zu und zerging im Kuß ihrer Lippen. »Sarba, Sarba«, klang es aus ihm. »Ach, Liebster«, hallte es zurück.

Wie kann doch ein erster Blick alles erfassen. Der Liebende weiß um es. Er allein sieht in solchem Augenblick tief, er sieht die Ganzheit aller Bewegungen. Hellsichtig ist die Liebe, und so rasend geschwind befällt sie die Seele, daß man nicht sagen kann, was zuerst ist, die Liebe oder der Anblick der Geliebten. Als hätten sie einander erkannt, so vertraut waren sie, Koronrod und Sarba, jetzt miteinander. Ein nie gekanntes Verlangen, aneinandergeschmiegt alle Zeit zu überdauern, die Zeiten auszutrinken wie einen Becher Wein auf der Wanderschaft durch die Ewigkeit der Liebe, erfüllte die beiden. Ihre Augen ruhten in ihren Blicken nimmermüden Begehrens. Und Sehnens. Koronrod schwanden die Sinne.

Wie ein Pilz aus dem Boden erwachsen, sich aufblähend, bedrohliche Zuckungen im tellerrunden Gesicht und in allen Farben schillernd, stand der Mohr vor Koronrod. »Mein Gebieter, edler Herr. Das Spiel ist vorbei«, schnarrte er unter grotesken Verbeugungen. »Erkunden soll ich, ob Ihr der Ruhe nicht bedürft?« »Der Ruhe?« entgeistert schrie der Prinz auf, den Sinn dieser Worte nicht fassend. »Was brauche ich Ruhe? Wie könnte ich diese finden? Wo ist Sarba? Meine Ruhe ist bei ihr!« »Die Prinzessin erwartet Euch«, entgegnete der Mohr. »Ihr seht elend aus. Eure Wangen sind eingefallen, und rote Rosen heißen Fiebers sprießen darauf. Man könnte meinen, eine Krankheit habe Euch befallen.« »Führe mich zu ihr, schnell. Zögere nicht«, murmelte Koronrod rasch und leise. Alle Lichter waren erloschen. Nun wurde er der Stille inne, die den Saal zum gähnenden Rachen öffnete. Der Prinz blickte hinauf in die schwarze Kuppel der Arena, als suche er nach den Erinnerungen an ein Geschehen, dessen Wirklichkeit ihm zu schillern schien. »Wie lange schon ist es her, daß man das Fest verlassen?« stammelte er. »Herr, es ist mehr als eine Stunde verflossen, daß Ihr hier geharrt habt. Mitternacht ist angebrochen.«

Der Prinz schritt zögernd an der Hand des Mohren die dunklen Schluchten der Räume entlang. An einer Zellentür angelangt, machten sie Halt. Wie ein Träumer die Bilder seines Traumes völlig und ganz erlebt, ohne ihren Sinn zu verstehen, so bildeten sich die Gedanken in seinem Kopf. Du bist aus Gold gemacht, aus dunklem Gold, wie man es nicht in der Erde findet. Aus Gold, wie es in den Adern des Himmels fließt. Und im Stein dieses Himmels ist eingeschlossen der Türkis deines Herzens. Unglücksstern, du letzte Glut in der Asche des verlorenen Himmels, entzünde, ehe auch du verlischst, das Licht der Hoffnung in mir. Laß mich brennen, verbrennen. Er wußte nicht, was er dachte. Aus den hypnotischen Augen der Steine, aus dem Rachen der Gewölbe durchdrang es ihn dumpf und reißend. Ein Wissen um Glückseligkeit und Tod erfüllte ihn und bildete sich zu einer Einheit. Die Liebe der Asra.

Welche Wege man ihn geführt hatte, wußte er nicht. Und so stand er plötzlich, geblendet vom Licht unzähliger Kerzen, im Eingang zu einem kreisrunden Saal. Sein Begleiter war lautlos verschwunden. Nur langsam gewöhnten seine Augen sich an die Helle. Da erblickte er in der Mitte des Saales auf einem Lager ausgestreckt und wie im Schlafe ruhend Sarba. Er eilte zu ihr. »Liebste«, flüsterte er, »du bist der Falke über mir, der weiße Hase meines Herzens flieht dich und will doch sterben in deinem Griff.« Nun schlug sie die Augen auf und sah ihn an. »Mein Liebster, mein Tod. Komm zu mir, mein Geliebter, und zögere nicht, mich zu töten.«

Langsam löste sich aus dem blendenden Glanz, mit dem die Flammenzungen der vielen hundert Kerzen alle Bilder ausgelöscht hatten, Ding um Ding im Raum. Zwölf schmale hohe Nischen, gekrönt von zierlichen Bögen, wölbten sich aus dem Rund des Raumes, sternförmig geordnet wie die Stundenziffern der Uhr, tief ins Quadergeflecht der Wand. In diesen Nischen, deren Grund im Dunkel lag, standen zwölf Statuen. Sie alle waren verhüllt wie die Asras, die hier lebten. Doch von seltsamer Bewegtheit war das Spiel ihrer Schatten, das die knisternden Lichter in den Raum warfen. In die Kuppel, die ihn krönte und die genau über dem Lager sich wie das Innere einer Austernschale um die Perle weitete, war eine großblättrige Lotusblume aus Edelsteinen eingelassen. Aus dem zarten Pastell kleinster Muschelschalen war diese Kuppel als Riesenblüte erbaut. Alle Wände waren bemalt mit Bildern, im Gegensatz zu allen anderen schmucklos leeren Räumen, welche der Prinz bis jetzt im Schlosse der Asra gesehen hatte. Doch waren diese Bilder alle in so zarten Farben gehalten, daß man ihres Inhalts nicht sicher sein konnte. Bald schien es, als träten die Züge eines Gesichtes, wie Gemmen flach geschnitten, aus der Fläche eines Quaders im Gemäuer, um sodann als Büste und Porträt sich aus der unüberschaubaren Zahl ähnlicher Bilder, die nun aus den Quadern zu dringen schienen, abzuheben und gleich darauf wieder im keuschen, bildlosen Weiß des Raumes mit allen anderen Eindrücken, die er heraufbeschworen, zu erlöschen. Schimmernd wie weißer Opal und zart wie die Schalen des Möweneies waren diese Bildnisse gehalten, ein Hauch nur der ewigen Qual, die sie zu schildern schienen. Die Züge dieser Gesichter waren nämlich gezeichnet vom Schmerze unstillbaren Verlangens, und ihre Augen bildeten die Gewölbe erstarrter Verzweiflung. Jünglinge waren dargestellt, von schlankem Wuchs und edlem Ausdruck. Als wäre jeder Kubus hier und im ganzen Schloß der Asra eine zu einem Quader versteinerte Menschenseele, so starrte das behauene, feingeschliffene Gestein den Prinzen an. Die zur Form erhobene Gefangennahme allen denkbaren Verlangens umgab ihn, und ein kaum vernehmbares Stöhnen drang aus allen Fugen dieser Festung der tödlichen Liebe. Diese Wände besaßen Ohren, Augen und Münder und waren beredt in ihrer Stummheit wie das Heer an den Pforten der Kathedralen. Dieser Saal bildete einen Tempel der ewig flehenden, versteinerten Seelen.

Koronrod erschrak und zögerte. Er dachte bei sich: Ach Gott, in diesem Gefängnis der Verlorenen, in dieser weißen Hölle ewigen Alleingangs, hier im Horst der verführten, raubenden, bindenden und in ewige Fessel geschlagenen Kreatur soll ich einem Weib gehören, das ich gestern noch nicht gesucht, noch nicht ersehnt habe? Doch schon war es, als zerschlüge der Mahner, der in jeder Seele wohnt, ein eben geleertes, ihn trunken machendes Glas an der Wand. Ein Klang einer Laute schwirrte durch den Raum. Sarba richtete sich auf und flüsterte: »Komm zu mir. Was zögerst du?« Ihre Hände nach ihm ausbreitend, neigte sie sich gegen das Fußende des Lagers. Doch durchtrennt vom Akkord der Laute, sank ihre Stimme nieder zu einem kaum noch vernehmbaren »Du liebst mich nicht«. Der Freund und Sänger, Sagefroh, war in diesem Augenblick zwischen sie getreten, mit wenigen Tönen trennende Wände errichtend. Sein Leib war in einer der tausend Zellen verborgen, sein Geist stand mitten zwischen den Liebenden und all den qualwunden Seelen, welche sie umgaben. Es waren diese wenigen Töne, die eine andere Ordnung der Sphären beschworen und die als ein Bekenntnis zum Leben in ihre Seelen drangen. Doch nur einen kurzen Augenblick währte diese Macht einer anderen, lichteren, unbeschwerteren Melodie. Dann umschlangen die beiden Liebenden einander und ließen sich im knisternden Meer der Kerzen versinken. In den Fluten ihrer Gefühle treibend, sich aneinander klammernd wie Ertrinkende, die Halt und Rettung suchten, so rollten sie über das Lager.

Der Prinz ging ein in das Bild eines Gleichnisses. Die Betrachtung und das Erleben der Verbindung, letztlich aber die Aufhebung des Oben und Unten, des Erhabenen und Niedrigen, blendeten ihn. Ein Bild im zartesten Licht weißen Perlmutters. Umarmend, die endlosen Bewegungen der ihn umschlingenden Arme, ihrem Ringen, Ziehen, Pressen folgend und nachgebend, sich fortschwingend, entlang der betörenden Schlangenkette der ihn umarmenden Glieder, glich er einem die Wogen teilenden Schwimmer. Die Brandung der Flut schlug leicht über ihm zusammen, während sein Mund von den Lippen der Geliebten die ungebackenen Brote, die ungesäuerten, schalen und doch so süßen des Liebes- und Hochzeitsmahles kostete. Die Mandeln ihrer Zähne umgaben als perlendes Band die himbeerfarbene Zunge. Er biß hinein, er aß davon. Alles mußte er haben, alles, alles. Den Rachen, den Schlund, Magen und Eingeweide in sich schlingend, tauchte er hinab, Sarbas Nabel küssend. Welch ein Fraß, welch ein Rausch, ein Wühlen im heiligen Ganzen, im Bauch, in den Lenden, im Fleisch. Verzehrend, fressend, schlingend, einverleibend, einander umfangend, umstülpend. Unstillbare Begierde brach wie ein verzehrendes Feuer aus Sarbas Seele und schlug als lodernde Geißel auf Koronrods Rücken nieder, bis die heiße Lava seines Blutes in Strömen floß und das Weiß der Fliesen rötete.

Da trat aus einer der zwölf Nischen eine weiße Gestalt, des verhüllenden Tuchs sich entledigend, auf das Lager der Liebe zu. Soll eine Stunde schlagen, ohne die Faust zu erheben? Diese Stun-

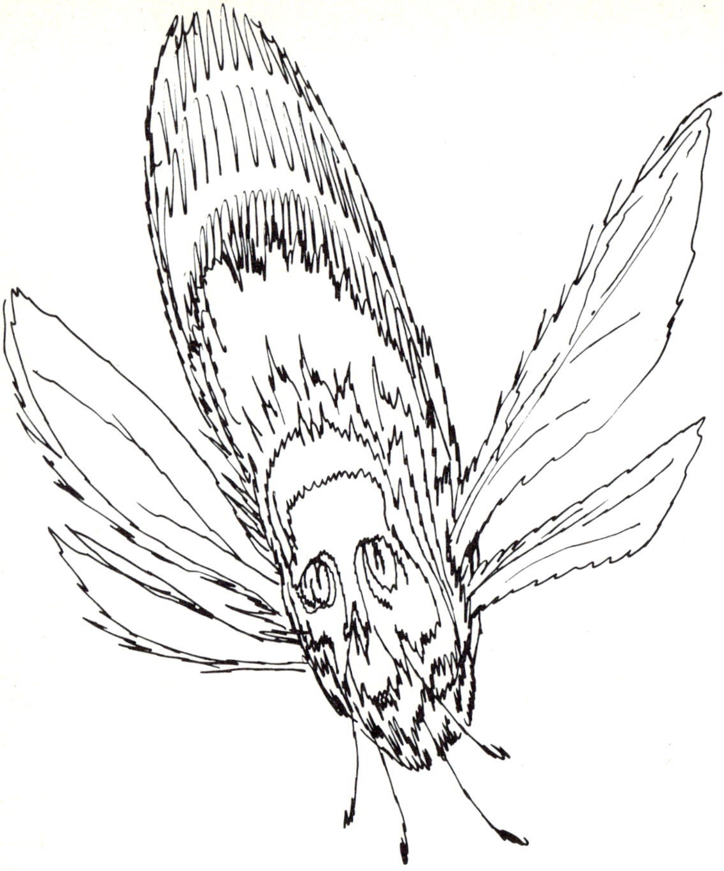

de, die nun schlug, hielt eine dornige Rute. Die Gestalt war aus weißem Porzellan. Den Glanz der Kerzen, in dem ihre verzerrten Züge erzitterten, warf sie gebündelt zurück. Riesig war ihr Wuchs, glatte Glasur ihre Haut, Schienen umspannten die Glieder. Dies verlieh dieser Stunde das Aussehen eines wandelnden Harnischs. Ihr Schädel war gekrönt von einem Bienenkorb aus Drahtgeflecht, dem ein Heer von kleinen geflügelten Totenschädeln entschwirrte, das sich wie Honig suchend auf das Blut der Liebenden stürzte.

Fünf Knospen rosigen Fleisches waren dem dunklen Gold von Sarbas Leib entsprossen. Das Gesicht der schlagenden Stunde war nun tief darüber gebeugt, mit langen Rüsseln daran schnüffelnd. Alles an dieser Stundengestalt, selbst die kleinen Totenkopfbienen, strahlte weiß und hell glänzend, eine Figur aus lebendigem Porzellan. Ihre Züge waren die eines Menschen und Ebers in einer Gestalt. Sarba schrie auf. Ihre Wangen färbten sich dunkler, während die Stunde von ihren geschwollenen Knospen aß. Die Leiber der beiden wurden durch die weiße, immer heftiger geschwungene Rute zueinander getrieben, bis sie ein einziges Geflecht bildeten, in eine gewundene Säule gedrechselt. Die Stundengestalt verriet die lenkende, treibende Kraft eines zornigen und unnachgiebigen Lehrmeisters, der, vom Heer der Zellkerne gerufen, seine Rute über ihnen schwang. Eine Stunde tritt nicht zurück, sie geht vorbei. Also trat die geißelnde Gestalt dieser Stunde, am Lager der Liebenden entlangstreichend, rückwärtsgewendet auf die Nische zu, aus der eben die Gestalt der nächsten Stunde, ihre Verhüllung sehr langsam abstreifend, sich löste.

Eine Stunde des Wassers war es, die nun ans Lager trat, mit Hagelkörnern die Liebenden peitschte und mit eisigem Regen ihre Wunden wusch. Im Hauch ihrer Kälte wurde die Glut ihrer Umarmung sichtbar wie die Sonne durch geschwärztes Glas. In den Frost dieser Stunde gebäumt, wurden sie ihrer Liebe noch schmerzlicher und süßer zugleich inne. Aus dieser Stunde hallten die Güsse des Nordsterns, die zischende Prüfung der Schmiedeglut. Wie der Schmied das glühende Erz in das Wasser taucht, um es zu härten, so vollzieht sich die Wandlung des Venushügels zum Magnetberg. Die Gestalt dieser Stunde starrte von oben bis unten von spitzen Zapfen Eises. Ihren Schädel, umrankt von den Blumen des Eises, krönte hoch ein kauerndes, schnee- und eisverkrustetes Schaf, von welchem die Ströme des Eiswassers flossen. In ihren Fäusten hielt die Stunde, wie ein Sämann das Saatgut, Hagelkörner und warf sie mit zorniger Geste hin auf die in Umarmung Erstarrten. Ein Dampf stieg auf von ihren heißen Leibern, und ihr keuchender Atem wurde zum Gewölk eines Winters, der plötzlich über sie hereingebrochen war. Ein Zittern und Beben befiel die beiden. Ihre Leiber wurden von den eisigen Fäusten dieser Stunde geschüttelt, so als prüfe einer, ob etwas Befestigtes jedem Versuch

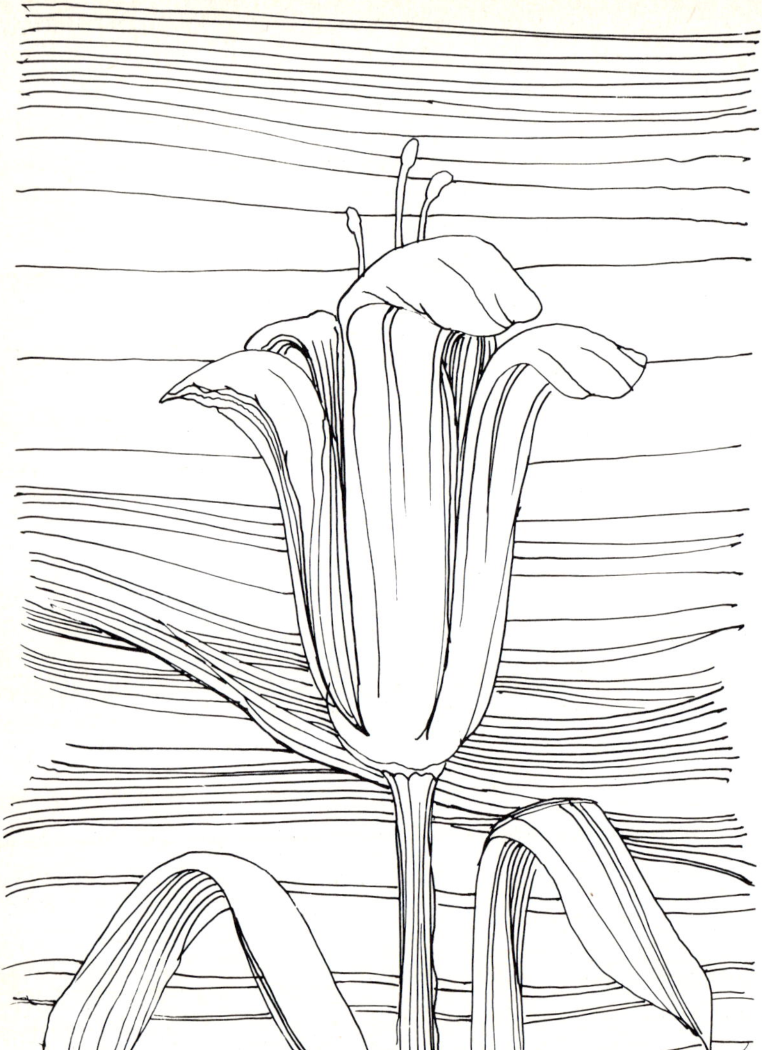

einer gewaltsamen Lösung trotzen könne. Sie ließen nicht voneinander, nein, fester noch aneinandergepreßt hielten sie sich umschlungen. Große, weiche Flocken Schnees fielen nun nieder und deckten Sarba und Koronrod zu. Ihre Bewegungen wurden langsamer, ganz langsam, ihr Atem schien zu erlöschen. Eine tödliche Ruhe breitete sich aus. In dem Augenblick, als diese Stunde das Krachen ihres frostigen Triumphes über dem Paar ertönen lassen wollte, trat die nächste Stunde eilends hervor.

Anmutsvoll Stille gebietend, hob sie ihren rechten Arm. Diese Stunde war aus weißen Lilienblüten gebildet, einer betäubend duftenden Hecke gleich. Gemessenen Schrittes ging sie an der Stunde des Eises vorüber und stellte sich erblühend, ihre Zweige über sie breitend, zu Füßen der Liebenden auf. Frühling und Sommer in einem, schwang sie ihr Blütenzepter über die beiden. Es taute das Eis, ward in kleine Stücke zerschlagen, am fiebernden Puls zu Bächen gerinnend schmolz es hinweg. Menschengesichtige Kolibris, hellgelb und zart wie Daunenflocken, schwirrten aus dem Geäst der blühenden Stunde, und ihr heller zirpender Gesang erfüllte den Raum. Mit ihren winzigen Schnäbeln saugten sie den Honig der Umarmung aus den Leibern der Liebenden, und ihr Gefieder streichelte zart die heilenden Wunden. Viele tausend ihrer Art schwirrten umher und erfüllten den Raum mit ihrem melodiösen Gezwitscher. Ein Stimmenklang wie aus Kinderkehlen, jedoch lieblicher noch und wie aus weiter Ferne kommend.

Wohlige Entspannung löste sanft die Klammern des Frostes und der Umarmung. Sarba und Koronrod öffneten ihre Augen. Sie sahen einander gekleidet in durchsichtige Gewänder, geschmückt mit den weißen Blüten der Lilie. Aus allen Blumenglocken ließ diese Stunde pausenlos die Tropfen ihres Honigs auf die Liebenden niederregnen. Es war ein Tau, der in die Haut eindrang, Blut und Fleisch versüßend, es auflösend. Da begannen die beiden einander zu trinken und zu verschlingen. Es begann ihr eigenes Hochzeitsmahl, ein gieriges Schmausen nach der Art der Ewighungrigen. Die in den Quadern des Saales eingeschlossenen Seelen waren unterdessen unbemerkt hervorgetreten und umgaben als feiner Nebel das Liebeslager. Mit hymnischem Klingen eröffneten sie, begleitet vom Jubilieren der menschengesichtigen Kolibris, das Liebesmahl. Es war, als strömte das verlangende Seufzen Unzähli-

ger zu einem Rauschen der Begierden zusammen, wie es in den Ohren der in Liebesscham Errötenden klingt, um sich, immer stärker werdend, aufzuheben und zu verschmelzen mit diesem Gebilde völliger Vereinigung. Diese Stunde trat nicht ab. Sie wurde von der nächsten, die da schlug, an die Wand geschleudert, so heftig, daß ihre Blütenpracht zerstob und zu einem Haufen welken Laubs zerfiel. Von einem Wirbel faul riechender Luft in jene Nische gekehrt, aus der die vierte Stunde, beinern und herrisch, unbemerkt hervorgetreten war, sank sie zu einem kleinen Häufchen vertrocknet knisternder Blätter zusammen.

Die beinerne Stunde war von blendend weißer Gestalt. Ein elfenbeinerner Turm, gebildet aus den Figuren des Schachspiels, deren Grazie von den besten Künstlern Asiens geschaffen schien. Da ragte das Haupt des Königs als ein grinsender Totenschädel hervor und reckte das milchgesichtige Königinnenhaupt als eine Zungenspitze aus der beinernen Gaumenhöhle. Die Arme schwangen als rank gefastete Bauern wie die Dreschflegel über der Tenne aus, den als springendes Roß nach vorne gewölbten Brustkorb umkreisend. Die Beine dieser Stunde bildeten die Läufer als tanzende Sarazenenschwerter. In den Fäusten der Stunde staken zwei Keulen, die schweren Stoßzähne des afrikanischen Elefanten. Diese bewegten sich nun über den Körpern der Liebenden, den Rhythmus der Kriegstrommeln aller Völker schlagend. Die Stunde achtete nicht der Wolke über dem Lager, die inzwischen zu einer klaren, honiggelb glitzernden Form erstarrt war, sondern schlug krachend ein wie der Blitz, das auf dem Bette liegende Gebein der Liebenden zermalmend, das Lager wie eine Tenne behämmernd. Zu Mehl, zu Knochenmehl zermalmte sie, kein Knöchelein, kein Knorpelchen verschonend, keinen Splitter der Knochen duldend. Wie der gewissenhafte Müller fuhr sie zuweilen mit ihrer knöchernen Rechten durch das feiner und feiner rinnende Pulver, um dann wieder heftiger einschlagend, die Elefantenhauer immer rascher schwingend, auf die Gebeine einzudreschen. Knochenstaub stieg auf und bedeckte mit seinem Weiß den Saal. Nur noch die harten, raschen Schläge der Kriegstrommel waren zu hören. Sonst herrschte eine vollkommene Stille.

Danach begann diese Stunde, säuberlich einen Haufen des Mehls aufzuschichten. Wie Puder fein gemahlen waren die Gebei-

ne der Liebenden, ein zartes, gelblichweißes Mehl. Und die Stunde machte sich daran, daraus eine Form zu bilden. Ein Trog in Menschenform, in üppigen Mulden ausgebuchtet, fand sich zur Hand, der die Gestalt eines Hermaphroditen aufwies. Dies war ein beinerner Trog. Da die Stunde das trockene, staubige Mehl zu behauchen und zu kneten begann, wurde es zu einem Teig bereitet und geschmeidig geformt. Diesen Teig preßte sie sodann in die beinerne Form und warf sich darüber. In diesem Augenblick begann es zu regnen. Honiggelb aus der Wolke in der Kuppel fiel der Regen hernieder. Die Wolke zeigte noch immer die Gestalt der sich umarmenden Liebenden. Geschwind und wie Glöckchen klingend fielen große Tropfen gelben Honigs auf die beinerne Stunde nieder. Erzitternd gerann dieser Regen und stockte sich auf, sank wieder in sich zusammen, tropfte so durch das Gerippe und bedeckte den Trog. Nach außen hin besaß der Trog die Form eines Sarkophags. Er war an den Flanken reich verziert mit den Darstellungen der Umarmungen der Liebe. Alles war inzwischen von dem Honiggelee zur Gänze eingehüllt. Es war still, ganz still geworden. Nur das schwere, röchelnde Atmen der beinernen Stunde war zu hören. Da trat die fünfte Stunde aus ihrer Nische hervor.

Die fünfte Stunde, weich und hart zugleich, ist die Stunde des Alabasters. Durchsichtig und doch kernig, glitzernd und matt, so wuchs sie langsam aus sich selbst heraus, ihre Verhüllung unter Zögern ablegend. Ein üppiges Weib mit gewaltigen Brüsten und einem ausladenden Steiß trat hervor. Ihre Arme waren fest und rund. Doch zierlich, ja beinahe zart waren ihre Finger. Ihre Schenkel standen mächtig da wie die Bildsäule der Artemis, ein Zwillingspaar dieser Göttin, eines vor das andere gesetzt. Die gewaltigen Säulen aneinander vorbeischiebend, aneinander scheuernd und knirschend, näherte sie sich, die alabasterne Stunde, dem Lager der Liebe. Behutsam richtete sie die matte Stunde der Gebeine auf und half dieser, ihre schützende Nische wieder zu erreichen. Dann kehrte sie mit ruckartigen Bewegungen den Trog, der wie aufgebahrt auf dem Bette sich befand, um und stürzte den Hermaphroditen, Koronrod und Sarba in einer Gestalt, aus dem Inneren heraus. Goldgelb wie die Rinde des Weißbrotes war die Haut dieses Wesens getönt. Aus dem Ofen der Alchemie der Liebe

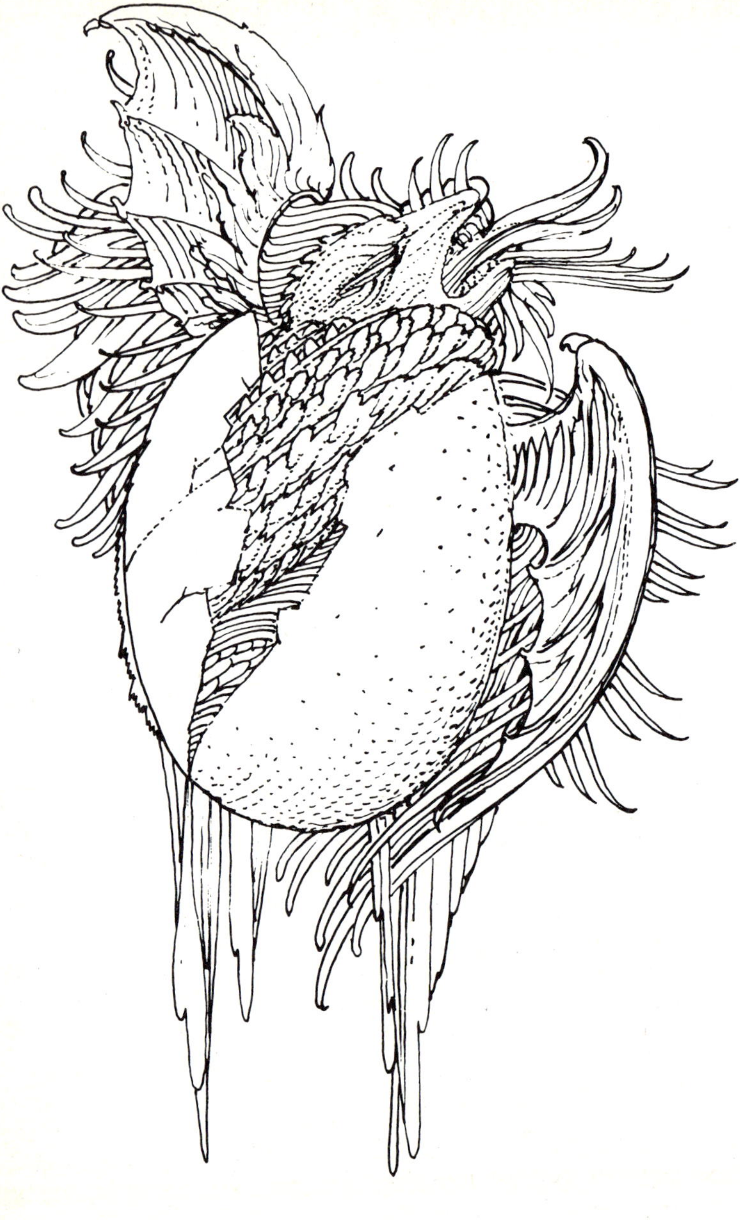

befördert, lag er nun da und duftete nach der Hefe seiner gepaarten Seelen. Da ließ die Stunde sich schwerfällig nieder, um neben diesem Leib zu ruhen. Das Alabasterweib hob den Hermaphroditen hoch über sein Haupt in die Luft, streckte sich aus auf dem Marmorboden und bedeckte sich mit seinem Leib. So bildeten sie ein neues Paar.

Da geschah es jedoch, daß ob der Heftigkeit, mit der die alabasterne Stunde den Hermaphroditen an ihre riesigen Brüste drückte, der Paarmensch in seine beiden Teile zerbrach. Koronrod saß nun rittlings, toll vor Begierde, auf ihrem steilen Steiß, und sein Glied glitt schlangengleich die Rinne ihres Rückens entlang bis ins Genick. Die Berührung mit der alabasternen Stunde härtete die Leiber. Während beide, Sarba und Koronrod, unter der Berührung erstarkten, verlor die Gestalt der alabasternen Stunde an Härte. So bildete sie die Mitte, die Brücke vom Gestaltlosen zur Gestalt. Diese Stunde währte, indem sie sich aufzehrte. Schlank geworden und durchsichtig klar wie ein Opal, erhob sich müde diese Stunde und wankte auf jene Nische zu, der die sechste Stunde entstieg.

Diese Stunde war die des Eies. Zur Gänze aus Eiern und Schalen von Eiern war sie geformt. Geradezu verzerrt hätte sie ausgesehen, wäre sie nicht so gesichtslos geblieben. Diese Stunde bildete die glückselige Labung der Jungvermählten. Auf einmal war der Mohr an das Lager getreten. »Es ist der Morgen des neuen Mondes, Herr. Die Sonne ist noch nicht aufgegangen, die Nacht ist jung«, sagte mit einer Verbeugung der Mohr. Er richtete, während das Paar den Imbiß der Stunde zu sich nahm, das Lager, schüttelte die Kissen, strich die Decken glatt und streute Myrrhe aus, welche alsbald den Raum mit erfrischend würzigem Duft erfüllte. Gesenkten Hauptes, so als zöge der riesige Turban es zu Boden, huschte der Mohr um das Lager herum und stellte mit lautloser Gewandtheit den Mittler dieser Stunde dar. In jeder der Speisen befand sich ein anderes, stärkendes Elixier. Der Mohr, der zu wissen schien, in welcher Reihenfolge dieses wunderliche Mahl aufgetragen werden mußte, waltete seines kulinarischen Amtes mit vorbildlicher Geschicklichkeit. Als dieses morgendliche Mahl beendet war, verbeugte er sich mehrmals, schritt rückwärts zum Ausgang und kehrte verstohlen ein Häufchen Staub, alles was von dieser Stunde geblieben war, auf jene Nische zu, aus der eben die siebente Stunde hervortrat.

Diese Stunde war eine Wolke aus weißem Rauch. Aus dichten Ballen und fast unbeweglichen Schwaden weißen Qualms war sie aufgebaut. Um ihr greisenhaftes Haupt war ein Kranz aus bleichen Fruchtkapseln des Mohns gewunden. Sie schwebte an dem Mohren vorbei auf das Lager zu und reichte den Liebenden je eine Pfeife zum Rauchen. Der Mohr ahnte, daß dies der Anfang eines Geschehens war, das den Asra den Tod bringen kann. Er wich zurück und bedeckte sein Gesicht mit den Händen. Während er davonglitt, stammelte er: »Sie liebt ihn, sie liebt ihn wirklich.«

Es war der Traum selbst, der vor den Liebenden stand und ihre Stirne mit seiner kühlen Wolkenhand bestrich. Beide waren in die Kissen zurückgesunken und sogen durch das Rohr ihrer Pfeifen die Gestalt der Wolke tief in sich ein. Vor ihren halbgeschlossenen Augen wurde das Gewölk dieser Stunde zum Tummelplatz ihrer erwünschten Gedanken. Eine Herde weißer Pferde raste auf sie zu, eingehüllt in eine rötliche Staubwolke, mit fliegenden Mähnen, umtost vom Donner ihrer Hufe. Dann waren plötzlich Reiter da, die auf den Rücken dieser Pferde wie Akrobaten tollkühne Kunststücke vorführten. Diese riesige Herde flog ganz nahe heran. Dann plötzlich bemerkten sie, wie den Pferden schneeweiße Flügel wuchsen und die wilde Jagd sich in die Lüfte erhob, um in einen hellen, wolkenlosen Himmel aufzusteigen. Dort oben verschwand der ganze Troß. An diesem Punkte des sich auflösenden Bildes entstand ein rotglühender Feuerball, welcher, immer größer werdend, in rasender Geschwindigkeit auf die beiden zu rollte. Ein orgelgleiches Brausen erfüllte den Raum. Geblendet vom grellen Licht der Erscheinung, schlossen sie die Augen. Da vernahmen sie das Klirren von metallenen Waffen, Kommandorufe und das Getöse einer Schlacht. Sie wagten nicht, die Augen zu öffnen. In ihrem Inneren hob das gespenstische Schattenspiel eines furchtbaren Gemetzels an. Es war, als stürze sich ein Heer unzähliger schwerterschwingender Arme, die alle mit spitzen Federn aus Metall beflügelt waren, auf den gepanzerten Leib einer riesigen Schlange, aus dem ebenso viele säbelschwingende, Krebsscheren gleichende Krallen ragten. Einem niederstürzenden Schwarm Insekten gleich flatterte das Heer der schwertschwingenden Arme auf den bewehrten Drachenwurm. Es floß viel Blut. Koronrod und Sarba konnten deutlich das Rauschen der Blutbäche hören, das Prasseln der Hiebe und das Klirren der sich kreuzenden Klingen. Vor ihren Augen ging nun der rote Feuerball am schwarzen Horizont des Kampfgetümmels langsam unter. Eine Stimme sprach: »Dein Sieg.« Da erwachten die beiden mit klopfenden Adern, und Koronrod bemerkte, wie Sarbas Gesicht tief eingefallen war. Schmerzentstellt schienen ihre Züge, während sie kaum hörbar flüsterte: »Nefroweg ist in Gefahr.« Koronrod war bestürzt. Während er die Geliebte in seine Arme nahm, um sie wie ein Kind an seiner Brust zu bergen, beschwor er diese Stunde, beseligende und beruhigende Bilder vorzuweisen.

Ein ganz aus Rauch geformter Zwerg auf krummen Qualmschwadenbeinen mit einem riesig aufgeblähten Kopf und groteskem Ausdruck nahm, Koronrods Bitte entsprechend, die beiden Pfeifen an sich und begann, sie wie die Doppelflöte an den Mund führend, eine liebliche Melodie zu blasen. In bizarren Rauchgirlanden fuhren die Töne aus den Pfeifen und knüpften sich zu wunderlichen Gebilden. Diese glichen einem wohlgepflegten, blumenreichen Garten, in dem ein Tempel stand. Dieser Tempel war ein runder Bau auf schlanken baumhohen Säulen, oval geschwungen und gekrönt von einem spitz zum Himmel sich erhebenden Dach aus hellblauem Saphir. Inmitten der Säulen des Tempels befand sich das blendend weiße Marmorbildnis Apollos. In der einen Hand hielt er die Lyra, in der anderen eine kleine, zierliche Schlange, welche um seinen Unterarm sich wand. Es war, als führe der Wind sacht durch die Saiten der Lyra. Ein langgezogener Klang wurde dem Paare zugetragen, ganz so, als hätte der Sänger Sagefroh in die Saiten gegriffen. Einen Augenblick lang war dem Prinzen tatsächlich zumute, als trüge das Haupt des Apoll die Züge seines Freundes. Sarbas Züge verfielen indes noch tiefer, grün und bläulich färbte sich ihre Haut. Ihre Lippen waren grünblau wie die Farbe unreifer Pflaumen. Einer Sterbenden gleich ruhte sie in Koronrods Armen. »Liebste«, rief der Prinz nun aus, »sieh doch, welch ein Bild!« Doch sie hauchte nur: »Ich kann es nicht sehen.« Da schwand die Stunde. Ein Luftzug hatte sie verweht. An ihre Stelle trat die achte Stunde.

Ein weißer Elefant war es. Auf seinem runden Rücken trug er,

hin und her schwankend, eine ihm aufgeschnallte Pagode, ähnlich dem ovalen Tempel, den sie im Traume der siebenten Stunde geschaut hatten. Darin saß ein kleines Kind und spielte auf einer Laute. Zu der Melodie, welche wiederum an Sagefrohs Weisen erinnerte, tanzte der Elefant beschwingt auf das Bett zu und wiegte sein Haupt gemächlich im Takte. Sarba lag nun wie tot in den Armen des Prinzen. Ihre Augen waren geschlossen, und grau wie Regengewölk war ihre vordem goldbraun glänzende Haut. Angst ließ das Herz des Prinzen sich verkrampfen, und er begann die Geliebte innig zu küssen. Vom Scheitel bis zu den Sohlen ihrer Füße bedeckte er ihren Leib mit zärtlichen Küssen. Und er weinte. »Geliebte, komm wieder«, so seufzte er immer wieder, nicht bemerkend, daß er selbst, dem Liede des Kindes und dem Takte des Elefantentanzes folgend, sich zu bewegen begann. Beschwörend vollzog der Prinz den uralten Akt der Heilung. Ein Lächeln erschien kurz darauf in den Mundwinkeln Sarbas und setzte sich dort in der Form zweier goldener Punkte fest, die an die ursprüngliche Farbe ihrer Haut erinnerten, so als wären sie wie Blumen erblüht. Überall dort, wo eine Träne des Prinzen ihren Leib benetzte, wich der Tod aus ihrem Fleisch und die Farbe des Lebens zeigte sich. Ein zages Atmen hob ihre Brust. Bald schlug sie die Augen auf, um in den ängstlichen Blicken ihres Geliebten ihre Todesnähe zu lesen. »Laß uns gemeinsam sterben«, sprach sie und vergrub ihren Kopf in des Prinzen Armen. »Du wirst leben und ich mit dir.« »Nein, oh nein. Ich liebe dich. Mein Leben ist dahin. Folgst du mir nicht nach, muß ich alleine gehen.« »Überallhin, Geliebte, folge ich dir.«

Der weiße Elefant umtanzte weichen Schritts das Lager. Sein wiegendes Schreiten strömte Ruhe aus, und die Klänge der Laute füllten des Prinzen Herz mit Hoffnung. Koronrod, der nicht aufgehört hatte, seine Liebste zu beweinen und zu küssen, wurde nicht gewahr, daß der Raum sich inzwischen mit einem unübersehbaren Gewimmel von weißen Ratten gefüllt hatte. Wie ein lebendiger Teppich bedeckten sie die Fliesen des Gemachs. Und mit jedem Schritt des Elefanten wurden die Tiere zermalmt, bis alles rot sich färbte von ihrem Blut und ihre zerfetzten Körper den Boden bedeckten. Koronrod aber blickte nicht auf. Die Stunde trat und schlug und tanzte im Rhythmus des Pendels einer Wand-

uhr, während das Kind, das ihr aufsaß, unentwegt seine Weisen spielte, wie eine Spieluhr, ohne Fehler, makellos und beinahe mechanisch. Als die Stunde schließlich ihrem Ende entgegentanzte, war Sarba friedlich eingeschlafen. Mit seinen schweren Füßen schob der Elefant die Rattenleichen in glitschig roter Nässe vor sich her, als er zur Nische der kommenden Stunde wankte.

Die neunte Stunde erschien in Eile, so als hätte sie bereits allzulange gewartet. Respekt und Aufmerksamkeit gebietend trat sie aus ihrer Nische wie ein Schauspieler unter den sich hebenden Vorhang. Diese Stunde war ein strahlender Jüngling, ganz in weißen Musselin gehüllt. Weißblonde Locken, die bis zum Gürtel wallten, umrahmten das Gesicht eines Engels. Seine Augen waren wie der Mondstein hell und seine Haut vom Weiß der makellosen Perle. Diese Stunde hielt eine Trompete in Händen. Koronrod vernahm ihren Schall. Ein hoher, silberheller Ton fuhr wie der Blitz als eine glühende Nadel ihm durch Mark und Gebein. Er senkte das Haupt und vergrub es an der Brust der Geliebten. Er wußte, Sarba war tot. Ihre Seele war nicht mehr bei ihm. Der spielende Knabe hatte sie hinweg getragen, und der Jüngling, den er nun hier sah, war ein Herold, welcher mit ihr sprach. Der Ton der Trompete war die Stimme des Boten. An die Seele Sarbas alleine war seine Nachricht gesendet. Er hatte sie getrennt, ihr Band zerschnitten. Doch in der Liebe trotzt der Himmel den Himmlischen. So erhob sich der Prinz ganz plötzlich und tat, was er nicht gedacht, nicht gewollt, ja für aussichtslos gehalten hätte, hätte er es erwogen. Er stürzte sich auf den Herold und begann mit ihm zu ringen. Die kalte Hand des Jünglings traf ihn wie ein mit voller Kraft geschleudertes Holzscheit an der Stirn. Doch da hatte der Prinz dem Jüngling die Trompete bereits entrissen. Koronrod taumelte, die Trompete fest an sich gepreßt, zurück auf das Lager. Die Stunde war zur Ewigkeit erstarrt. Das Glas der Zeit war gesprungen, seine Liebe zu Sarba hatte ein Loch geschlagen. Durch diese Öffnung erblickte er die Seele der Geliebten. Außer sich, so als sollte alles, was an Verzweiflung und Sehnsucht in ihm zum Ausbruch drängte, zu einem Trompetenstoß werden, schmetterte er seine Liebe durch die Fanfare gegen den Raum. Ein hochgestimmter Ton, dann mehrere Tiraden, ein klingendes Schwingen setzte ein, dem menschlichen Ohr kaum vernehmbar.

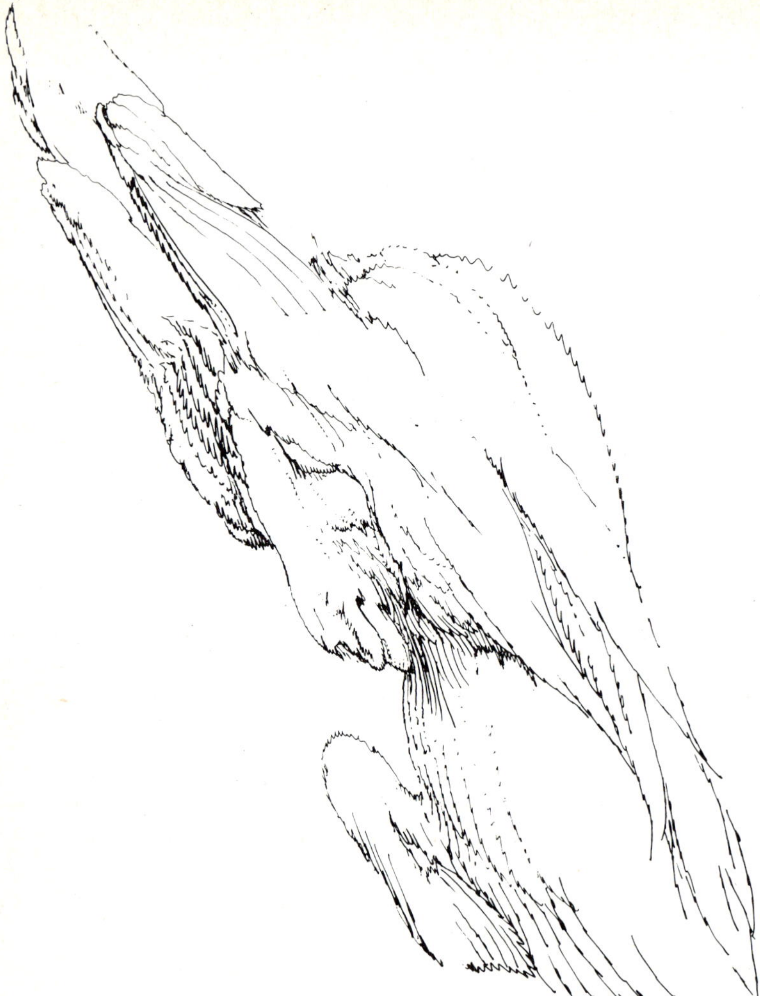

Da bäumte sich der Leib Sarbas auf, ihre Augen öffneten sich und blickten Koronrod staunend an. Starr, wie eine Puppe von der Hand des Fadenziehers bewegt, trat daraufhin die Stunde ab. Die Trompete aber blieb in Koronrods Hand zurück. Sarbas Seele war wiedergekehrt. Mit neuem Leben erfüllt lag sie an seiner Seite und atmete ruhig. Noch ehe der Prinz sich seiner Liebsten ganz zuwenden konnte, war die zehnte Stunde aus ihrer Nische in den Raum hineingetreten.

Sie war ein weißes Einhorn. Ein Tier von zierlichem Wuchs, lieblich, doch wild, von unzähmbarem Wesen. Das Einhorn sprang sogleich in wilden Sätzen über das Lager und dann wie ein Böcklein hakenschlagend im Kreise umher. Sein scharfes Horn, das ihm gedreht und gedrechselt aus der Stirne ragte, verfehlte nur knapp das Paar. Doch schien Sarba ohne Furcht zu sein. Sie streckte ihre Arme nach dem Tiere aus. Da senkte es den Kopf und barg ihn behutsam in Sarbas Schoß. Nun begann Sarba, das Einhorn zu liebkosen, zu küssen und zu streicheln. Es dauerte nicht lange, da wollten sie sich paaren. Koronrods Eifersucht erwachte. Zorn und Ekel bewegten ihn, als er nach dem Tiere schlug. Mit einem Aufschrei sank Sarba nieder. Das Einhorn hatte ihr die Brust durchbohrt. In maßloser Wut packte der Prinz nun das Tier am Halse, und während Sarba in ihrem Blute lag, würgte er es zu Tode. Dann erst kniete er neben Sarba nieder. Noch sprachen ihre Augen den Glauben an seine Liebe aus. Doch der Stachel der Eifersucht ob Sarbas Gier nach dem Einhorn war in seine Seele gedrungen. Ein Schatten war auf sein Herz gefallen, wie im kalten Luftzug erschauerte der Prinz: »Du bist von Sinnen. Du lebst und bist doch tot. Ich habe dich zurückgeholt. Ach, hätte ich es nicht getan. Warst du doch rein. An der Gier nach meiner Liebe bist du gestorben. Was wollte ich dich halten, da du doch ohne Halt bist. Oh, Sarba!«

Sarba aber konnte ihn nicht mehr hören. Die elfte Stunde war zu ihr getreten und stand als Medizinmann im weißen Kittel über sie gebeugt. Eine lebendige Spritze, kaltweiß, aus Glas und Nickel, aus Kolben und Eprouvetten zusammengeschweißt, Spital und Apotheke in einer Person. Den Kopf dieser Stunde bildete ein Verbandballen. Ein beißender Geruch, scharf wie ein Skalpell, umgab diese Stunde. Sie erhob eine Faust und preßte fest einen

Ätherbausch auf Sarbas Gesicht. Dann zählte sie monoton vor sich hin. Jetzt war Sarbas Geist entglitten. Das Bett hatte sich indessen in einen weißen, metallisch glänzenden Operationstisch verwandelt. Mehrere Spiegel, auf schwenkbaren Gelenken montiert, standen umher, und starke Lampen bohrten ihre grellen Lichtkegel in Sarbas Leib. Die Stunde rief hohl hallend nach Helfern, welche sogleich als große weiße Insekten herbeigeflattert kamen. Diese trugen weiße Häubchen aus gestärkter Leinwand auf ihren grauen, durchsichtigen Köpfen. Ihre Gesichter mit den metallischen Rüsselschnauzen und Glasaugen wirkten, als wären sie lebendig gewordene Gasmasken. Von den Zeichen seiner behandschuhten Hände dirigiert, wohnten sie schwirrend und flatternd der Operation bei, die er nun vorzunehmen sich anschickte. Während die fliegenden Rüsselkäfer Schere um Schere, Skalpell um Skalpell und Tupfer um Tupfer reichten, schritt das blutige Werk voran. Mit einem sicher geführten Schnitt hatte die elfte Stunde Sarbas Leib geöffnet. Sie entnahm ihm das zuckende und warm dampfende Herz, trennte es los von seiner Arterie. Während es auf eine hell glänzende Platte gelegt wurde, fingen die fliegenden Schwestern den sprudelnden Blutstrom in einem gläsernen Behälter auf. Mit der Gewandtheit eines rasenden Pianisten wühlte die operierende Stunde in Sarbas Eingeweiden. Unter den schreckensstarren Blicken Koronrods schlang sich der Medizinmann ihre Gedärme als blauglänzenden Ballen um den linken Arm, nahm, den Strang ihrer Verdauung kappend, ihre Bauchhöhle aus und legte, säuberlich getrennt von diesem Berg der Innereien, links und rechts die beiden Lungenflügel daneben. Zuletzt öffnete er Sarbas Schädel, entnahm das Hirn und die beiden Augen, legte beides in eine Schale und reckte diese siegreich mit seinen bluttriefenden Händen zur Lotuskuppel. Das Zeichen des Endes der Operation schien gegeben.

Nun trat die zwölfte Stunde würdevoll und langsam aus ihrer Mauergrotte hervor. Zwei junge weißgekleidete Ministranten mit langen brennenden Kerzen in ihren Händen streiften die Verhüllung dieser Stunde zurück. Die erhabene Gestalt eines Priesters wurde sichtbar, welche ganz aus weißem Wachs gebildet war. Von unzähligen Dochten leuchteten Kerzenzungen von ihm aus und tauchten den Raum in ein goldenes Licht. Eine friedliche und

festliche Ruhe herrschte plötzlich im Raum. Da füllte ein Schluchzen Koronrods Brust, und er sank nieder auf den zerstörten Leib der Geliebten. Er rief ihren Namen. Unterdessen legte behutsam der Priester Sarbas Eingeweide, Herz und Hirn in steinerne Krüge. Ein verhaltener, monotoner Gesang erklang und setzte das Gewölbe in kaum spürbare Schwingungen. Jeder der Krüge wurde sodann mit einigen wenigen Zeichen versehen und mit dem Harzöl der Kiefer verschlossen. Mit gelassener Ruhe versah der Priester sein Amt. Eine weiße hohe Mitra krönte das hagere, von einem langen weißen Bart umrahmte Gesicht, während die feingliedrigen Greisenhände im langsamen Gleichmaß die lang schon geübten Hantierungen der Bewahrung vollzogen.

Koronrod war von den Ereignissen überwältigt wie tot zu Boden gesunken. So kam es, daß er den Auftritt der dreizehnten Stunde nicht erlebte, nicht Zeuge dieser Furie ohne Scham war, welche polternd aus ihrer Nische fuhr wie ein alter, rostiger, auf knirschenden Rädern holpernder Wagen. Diese Stunde war ein altes Weib. Sie spie unter mancherlei Verrenkungen dem Priester, welcher würdevoll an ihr vorbeischritt, vor die Füße und schrie mit schriller Stimme: »Ende! Nichts geht mehr! Ende!« Während der Priester und seine Ministranten auf einer Bahre die Krüge mit sich führten und auf die Nische der eben erschienenen Stunde zuschritten, warf das Weib der dreizehnten Stunde sich über Sarbas Leichnam. In diesem Augenblick kam Koronrod wieder zur Besinnung. Ihr weißes, strähniges Haar umfloß wie rußiger Nebel Sarbas Leib, und es schien, als suche sie nach etwas, was von großer Wichtigkeit war. »Du bist nicht tot. Noch nicht ganz tot«, rief sie krächzend immer wieder, indem sie mit ihren hageren knochigen Armen auf Sarbas wachsbleichen, blutleeren Körper hämmerte. Koronrod trat unbemerkt von hinten an die Furie heran und schlang mit einem eisernen Griff seine beiden Arme, das Weib umarmend, ineinander. Mit aller Kraft den Hals der Furie umspannend, bezwang er so die letzte Stunde. Er würgte sie, Minute um Minute ihr abringend, mit all seiner Kraft, wissend, daß er diese Stunde überleben müsse, ahnend, daß dadurch noch eine Hoffnung verbliebe.

Also rang Koronrod mit dieser Stunde. Er hielt sie eisern fest und ließ nicht von ihr ab, auch als sie seiner kaum achtend den

Körper Sarbas vom Lager zerrte, um ihn zu der Nische, aus der der Priester getreten war, zu schleifen. Diese Nische war es, durch welche plötzlich ein Schimmer des hellen Tages ins Gemach drang. Obwohl der Prinz seine ganze Kraft aufbot und die Stärke der Verzweiflung ihn beseelte, gelang es diesem Weib doch, den Leib in die Nähe dieser Mauernische zu zerren. Da schließlich wurde ihr Sträuben schwächer. Ein Röcheln drang aus der umklammerten Kehle. Mit einem letzten gewaltigen Stoß ihrer beiden Ellenbogen in Koronrods Seiten wollte sie sich ihres Widersachers entledigen. Doch dieser fühlte sich von neuem erstarkt; wie Eisen boten da seine Rippen Widerstand, und gespannt wie die festen Flanken des Nashorns bogen sie sich. Endlich sank sie, noch ehe sie die Nische erreichte, reglos zu Boden. Koronrod trat, noch zitternd und ängstlich, in die Nische. Da erfühlte er mit einem Male das Wesen ihres Ortes. Die Nische bestand aus einer schmalen Öffnung zu einem kaum fußbreiten Steg, welcher über eine Schlucht führte. Zögernd setzte Koronrod seinen Fuß auf die schmale, geländerlose Brücke und blickte hinab in die Schlucht, die bis in die Tiefe des Meeres reichte. Dort entdeckten seine Augen Nefrowegs Riesenleib, leblos, zu einem unlösbaren Knoten verschlungen. Der Prinz erschauerte. Von Schrecken, Abscheu und auch Erschöpfung getrieben, machte er kehrt.

Doch schließlich ermannte er sich und schritt über den schwankenden Steg. Er gelangte zu einer Loggia inmitten der Zinnen des asrischen Schlosses. Noch war der Prinz wie von Sinnen. Reglos stand er da und blickte auf das Meer, das Licht der Sonne in tiefen Zügen in sich hineintrinkend. Da entdeckte er am Horizont die Segel eines mächtigen Schiffes. Gleichzeitig ertönte von fern Fanfarenschall. Dem Prinzen ahnte, daß dies Sarbas Vater sei, welcher sich von dort näherte. Er wandte sich um und betrat erneut den großen Saal. Behutsam hob er Sarbas Leib vom Boden und legte ihn, gleichsam das Werk der zwölften Stunde fortsetzend, sorgsam auf das Lager. Dann ergriff er das Laken und umwickelte den Leib der Geliebten.

Der Prinz legte sich an der Seite der Geliebten nieder und schloß die Augen. Gedanken stiegen in ihm auf: Die Asra sterben, wenn sie lieben. Aber so? So sterben sie alle? Eine maßlose Empörung ohne Worte, jenseits aller Gedanken, erfüllte ihn, und ein heiliger Zorn durchbebte seinen Leib, Zelle um Zelle erfassend. Er gedachte seinen Richter, Sarbas Vater, hier zu erwarten. Er verbannte nun alle Gedanken aus seinem Kopf, denn er befand sich nach der dreizehnten Stunde an der Schwelle zur Ewigkeit. Er war jetzt mit Sarba, seiner Geliebten, an eine Grenze zwischen Zeit und Raum gelangt, über die man nicht tritt und von der man nicht wiederkehrt. So lagen sie, als Sarbas Vater, König Amer, vom Mohren geführt, den Saal betrat.

Erstarrt in der Zeitlosigkeit lagen Sarbas Wesen und Taten vor des Prinzen innerem Auge. Während er staunend die Landschaft ihrer Person durchwanderte, hielt Sarbas Vater Gericht über ihn. Doch Koronrod vernahm nichts. Er hatte inzwischen auf seiner Wanderung einen Park erreicht. Dieser war seines Vaters Schloßpark ähnlich. Auf einer Wiese, rundum von wilden Rosenhecken begrenzt, stand ein buntes Seidenzelt aufgebaut. Er schritt darauf zu. Sarbas Flötenspiel drang ihm entgegen. Das Schlagen der Trommeln verhieß Tanz und Fröhlichkeit. Unserem Prinzen erschien es, als ob von nun an bessere Tage, frei von Schwermut, anstünden. In freudiger Erwartung zärtlicher Stunden des Beisammenseins mit der Geliebten schlug er die Decke des Zelteingangs zurück. Da erblickte er Sarba beim Tanz, kindlich und unbeschwert, und keine Schlange zeigte sich. Koronrod ließ sich neben dem Eingang des Zeltes auf einem der vielen bunten Kissen nieder und verfolgte den Tanz der Geliebten mit erregter, lustvoller Spannung. Dem Treiben der Musikanten lauschend, starrte er gebannt auf Sarbas beweglichen, biegsamen Leib. Strahlender und tiefgründiger denn je erschien ihm der Onyxmond ihrer Augen. Im schwarzen Gewölk der Haare funkelte ein Diadem. Er sah ihren Körper, von keinem Kleidungsstück, keinem Schleier bedeckt. Ganz ohne Fehl, makellos war dieses Wesen.

Als hätten die dreizehn Stunden einer ohne Vorbereitung angetretenen Hochzeitsnacht ihn vergessen machen wollen, wem eigentlich sein Herz zugetan, war er, noch beklommen und von schreckensvollen Bildern geplagt, hier eingetreten, um sogleich aufs neue, alles Grauen der durchwachten Nacht vergessend, in ungetrübter Liebe Sarba zu Füßen zu liegen. Ihre Seelen waren ja vereint, von ihrem Herzen hatte er gegessen, ihr Fleisch hatte er verschlungen und all seine Kräfte einsetzend, war er im Kampf zum Held geworden. Neue Regungen waren in ihm erwacht und bestimmten fortan seine Haltung. Sarba sah in ihm den Bezwinger der Zeit. Sie unterbrach ihren Tanz nicht, sondern setzte ihn fort, einsinkend in das langgezogene Seufzen der Flöte, zum Geflüster verklang das Geraschel der Trommeln. Da endete Sarbas Tanz. Tief atmend sank sie auf die Kissen ihres Lagers. Mit ihr wollte der

Prinz nun ruhen. Die Sehnsucht nach der Gewißheit ihrer Bande, das Verlangen, ihren Bund zu erneuern, brannte in ihm.

Koronrod schritt auf das Lager seiner Geliebten zu. Er bewegte sich, als wollte er die Wand ihrer zwölfstündigen Vereinigung, die in ihrer Trennung gipfelte, durchschreiten. Doch wiederum waren es die Zweifel an ihrer Liebe, die seine Schritte nun lähmten und seine Augen von Sarbas Augen abschweifen machten. Ein dickes, feistes Möpschen lag friedlich neben der Geliebten auf dem Kissen. Ein Gefühl des Ekels erfaßte da seine Seele. Der Anblick des Tieres fuhr wie ein giftiger Stachel in sein Herz. Koronrod fühlte

sich gekränkt und erniedrigt. Wie ein schmollendes, eifersüchtiges Kind stand er da, Streit um der gewiß nachfolgenden Versöhnung willen suchend. Auf einen Wink Sarbas hin trat der Mohr ein und nahm den Mops in seine Arme, um ihn aus dem Zelt zu tragen. Das Hündchen sträubte sich jedoch, machte sich, wild mit den Pfoten scharrend, aus der Umarmung des Mohren frei und fuhr, wütend kläffend, an die Beine des Prinzen. Da schleuderte mit einem gezielten Tritt Koronrod das Tier an die Zeltwand, wo es zuckend liegenblieb. Sarba vergrub weinend ihr Gesicht in den Kissen und schluchzte laut auf. »Ach Liebste, verzeih mir«, rief der Prinz und suchte Sarba zu trösten. Doch während er ihr Haar streichelte und beruhigende Worte flüsterte, mußte er erkennen, daß er den Mops getötet hatte.

In diesem Augenblick, der von einem angenehmen Gefühl der Erleichterung begleitet war, erwachte er aus seinem Sinnen. Sarbas Vater stand vor ihm. Eine undurchdringliche Finsternis starrte ihn aus halbgeschlossenen Augen an. Darauf vernahm er des Königs Befehl: »Bringt ihn nach unten!« Die Worte trafen ihn wie ein Fluch. Dieselben stämmigen Knechte, die ihn in die Halle getragen hatten, hoben ihn hoch und trugen ihn aus dem Saal.

Die Glocke

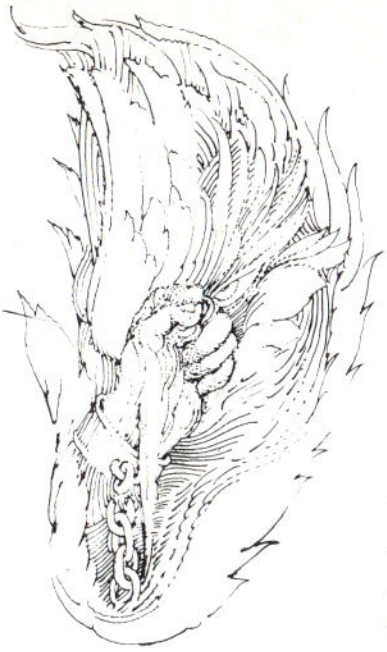

er Weg in die Tiefe wand sich steil hinab und fiel wie ein Katarakt über hunderte in den Fels gehauene Stufen in den Abgrund. Je weiter sich der Troß dem unterirdischen Verließ näherte, um so größer erschienen die Grotten und Höhlen, an denen sie vorübereilten. Für das Innere eines morschen, ausgedörrten und ausgehöhlten Knochens hätte man dieses Gewirr von Gängen halten können, versehen mit sägeblattscharfen Zacken und Spitzen, tief in die bläuliche Glätte des Gebeines gebrochen. Vor einem eisernen Tor, dessen schmale Flügel mit dem Zeichen der Schlange geschmückt waren und deren reliefartig bearbeitete Oberfläche durch die Wassertropfen, welche aus der Verbindung mit der feuchtkalten Luft sich darauf gebildet hatten, erglänzte, hielt plötzlich der Zug an. Das Geräusch der klirrenden Schlüssel im knirschenden Eisenschloß weckte den Prinzen aus seinen Gedanken. Denn dieser war nur halb wach. Der Efeu unzähliger, wirr durcheinanderschießender Bilder erfüllte sein Inneres. Er rankte an seinen Gedanken und verwebte alles mit allem. Im Traum, so dünkte es dem Prinzen, war er wach, im Wachen versank er in den unterschwelligen Eindrücken seines Selbst. Erst das Aufschließen des Tores hatte den Prinzen aufgeweckt zum finsteren Morgen seiner dunkelsten Nacht.

Zum eisernen, harten Geläut einer kleinen Glocke betrat Koronrod, barsch gestoßen von seinen verhüllten Begleitern, ein schmales Verließ. An die Wand gelehnt harrte er daselbst des Gerichts, das bereits mit Phosphorfingern in die stille kalte Luft geschrieben ward. Da rollte ein Donner, und es traf ihn der unverständliche Hall einer gebrochenen Greisenstimme. Aus den Quadern der Wand am Ende des Raumes trat ein hagerer alter Mann. Er war völlig nackt. Die Reste eines Gewandes schleiften wie Fetzen einer pergamentenen Haut an seinen Sandalen. Schütteres, langes, weißes Haar fiel über seine Schulter, und sein rechter Arm war wie zum Schwure über seinem Haupte abgewinkelt und dort verdorrt. Die beschwörende Hand des Todes. Die Schergen kauerten furchtsam am Boden, ihre Gesichter in den Gewändern bergend.

Freiheit fordernd, wies der Prinz seine gebundenen Hände vor. »Du hast«, rief da mit harter Stimme der greise Richter, »den Herrscher unseres Reiches und seine Priesterin zu Tode verwundet. Seitdem ich selbst im ersten Jahr des neuen Mondes auf dieser Insel den Grundstein zum Reiche der Asra gelegt habe, geschah hier keine Missetat, welche deinem Tun vergleichbar wäre. Darum sollst du zu immerwährender Buße an diesen Grundstein geschmiedet sein. Durch die Kraft deiner Schmerzen sollen sich die Risse dieser Mauern wieder schließen. Jahr um Jahr sollst du leiden. Niemals wieder sollst du die Sonne erblicken.« Nach diesen Worten verschwand der Richter schlurfenden Schrittes in den Quadern der Wand. Von seinen Bewachern weitergeführt, kam Koronrod alsbald dem Rauschen einer Brandung näher. Unweit der Stelle seiner Ankunft auf der Insel wurde er mit kraftvollen Schlägen an einen riesigen, weißen Quader geschmiedet. »Hier mußt du bleiben«, verklangen die Abschiedsworte seiner Begleiter. Dann verschwanden sie rasch und lautlos im Dunkel.

Konnte Koronrod es erfühlen, daß er in diesem schwarzen Loch der Finsternis dem verborgenen, sorgsam abgeschirmten Licht, Aura, nahe war? Ein leises Klirren von eisernen Ketten, welches auch dann ertönte, wenn er sich nicht bewegte, verkündete es ihm. Doch zu sehr noch war er mit seinem eigenen Elend beschäftigt. Seine Gefangennahme, sein Ende, die Vision eines schmählichen Untergangs in ewiger Schande hatten seinen Geist und seine Sinne so sehr verdunkelt, daß selbst das Flehen und Rufen, das von jenseits des Quaders ertönte, nicht an sein Ohr drang. Von solcher Taubheit umfangen, fiel er in tiefen Schlaf. Sengender Schmerz an seinen Lippen erst riß ihn aus der Nacht seiner Seele. Nun meinte er neben dem Stöhnen aus seiner Kehle den matten Klang einer Frauenstimme zu vernehmen. Nein. Stille war es, nichts rührte sich. Darüber sann Koronrod nach, als die Wächter, einen Gefangenen auf ihren Schultern tragend, klirrend zurückkehrten. Es war der Sänger, Sagefroh. Koronrod hätte laut jubeln mögen, doch er bezwang seine Freude. Nun wurde ihm brennend klar, daß es seinem Freund vorbestimmt war, das Wesen, dessen Schmerzenslaute er vernommen hatte und dessen Gegenwart er zu fühlen meinte, zu erlösen. Denn mit festen Hammerschlägen wurden die eisernen Klammern, mit denen dieses Wesen an den Felsen geschmiedet war, zertrennt, um sich gleich darauf um des Sängers Fuß und Hand zu schließen. Eine in weiße Laken gehüllte, schmale Gestalt schlich nun, von den Wächtern gestützt, an den beiden Gefangenen vorbei und ging ein in das Dunkel des Labyrinths. Aura.

Es überkam Koronrod nun auf einmal ein Gefühl großer Freude und neuer Hoffnung, das ihn erhob aus den Tiefen der Verzweiflung, in die er abgeglitten war. Nicht alles war also umsonst gewesen. Der Freund war ihm nahe und Aura. Auf dieser Insel. »Oh, Prinz, nun ist alles vorbei«, vernahm er die Stimme Sagefrohs, »oh, daß wir an solchem Ort einander wiederfinden.« »Nicht so, mein Freund«, unterbrach ihn rasch der Prinz, »wie gut, daß wir vereint sind. Wo ist deine Zuversicht? Oh Nixe, Melusine, wenn du uns sehen könntest.« Jenseits aller Bedeutung besitzt jedes Wort, gesprochen oder gesungen, eine eigene Schwingung, und in den Seelen der Dinge gibt es eine Resonanz. So geschah es, daß beim Klange des Namens Melusine der Stein, an den beide geschmiedet waren, erbebte. Kaum vernehmbar summte der Quader einen hohen silbrigen Ton, welcher an Melusinens Stimme erinnerte. »Hörst du, Sänger? Laß uns den Namen Melusinens gemeinsam rufen, bis der Stein zerbricht.« Nun hob im Stein ein Singen und Rauschen an, als ob siedendes Wasser aus fest verschlossenem Kessel vergeblich zu entweichen suchte. Oh, Chemie des Geistes, wie ist doch jeder Stoff von dir beseelt, du wallest über allem.

Jetzt wurde der weiße Stein durchscheinend, und ein rötlicher Glimmer funkelte von innen heraus, die Schatten der an ihn Geketteten vor sich hinwerfend. Der Stein hatte sich unterdessen erwärmt. In seinem Innern schien ein glühendes Feuer zu lodern. Es erscholl Geschrei. Dumpf rollender Gesang. Klirren, Bersten von Stein. Im Rhythmus von Glockenschlägen wurde das Beben stärker, um dann in ein rüttelndes, stampfendes Schwanken überzugehen, welches schließlich die beiden Gefangenen zu Boden warf. Es fielen die Ketten, das Eisen floß wie heißes Wachs vom Gestein. Die Burg der Asra erbebte. Tiefe Risse

fuhren, vom Grundstein her, wie Blitze krachend in das Gemäuer nach oben.

Im Hagel der Steinsplitter, gehüllt in weiße Wolken feinen Staubs, stand plötzlich der König, der Herrscher der Asra, vor ihnen. »Hebt auf das Zauberwort. Was fordert Ihr? Haltet ein!« Aber noch einer befand sich im Raum. Mächtig und kristallhart klang ein glasklarer Stab in seiner Hand. Dieser sprach wie von weit: »Führet sie Aura zu. Auf dem schnellsten deiner Schiffe sollen sie sich in Sicherheit bringen.« Milchiger Speichel der Gestirne umfloß zäh seinen Stab, um dessen glatten Schaft sich eine goldene Schlange nach oben wand. Wie mit dem Griffe einer tausendfingrigen Hand hielt die Schlange sich an dem Kristall, während ihre Zungen wie züngelnde Flammen nach der Faust der Gestalt leckten. Salamander kletterten im Innern des Stabes empor, um sich in ein blitzendes Feuer zu verwandeln. Aus diesem entwich ein ständiger glitzernder Regen diamantenen Staubs.

Der fremde Gewaltige stand so für einen Augenblick vor ihnen, von der dröhnenden Kraft eines in der Ferne anschwellenden Glockentones herangetragen, um sodann dessen äußerstes Fortissimo als einen schneidenden Grat zu betreten und für eine ewig verweilende Sekunde sich ihrem Auge zu zeigen. Dann trug ihn der ersterbende Klang wieder in die Nacht. Ein Vorhang war gefallen, eine Trennung vollzogen. Während die Festung der Asras erbebte, brach die Verhüllung einer eiförmigen Schale auf und sank als ein Ereignis, welches von Anfang an jene Sehnsucht widerspiegelte nach Niegesehenem, die als Antrieb und Verlangen in die Seele des Prinzen und seines Gefährten gelegt worden war.

Auf Deck hat der Prinz seiner Aura gesagt, was in allen Schwüren der Liebe, in allen Briefen und Gesprächen seit jeher gesagt worden ist. Jetzt erst, nachdem die Spannung von ihm wich, kamen dem Prinzen die Erinnerungen. Vieles gab es zu bedenken, und vieles beschäftigte den Geist des Prinzen. Während der ruhigen langen Fahrt sann er der Heimkehr entgegen. Rauschend strichen die Wogen um das Schiff, und aus den Meereswellen lösten sich funkelnd die Kringel des Sonnenrunds und formten sich zu Gestalten der Einbildung. Koronrods Selbstgespräche drangen an niemandes Ohr. Sagefroh, der des Prinzen Gedanken erriet, sprach ihn an, nachdem Tage des Schweigens hingegangen waren:

»Du wirst deinen Vater wiedersehen, wirst, wie es alle erwarten, deine Braut heimführen und nach der Hochzeit des Reiches Erbe antreten. Du, der Prinz, tust, wie es dir bestimmt.«

Während des Sängers Worten drang eine stille, trauernde Weise von Auras Lippen an das Ohr der Freunde. »Was singst du, Geliebte?« rief der Prinz. Sorge und Unruhe hatten ihn bei diesen Klängen überkommen. Doch Aura verbarg ihr Gesicht und wandte sich ab. Von dieser Stunde an war nichts von Aura mehr zu vernehmen. Obwohl sie offensichtlich alles hören konnte und auch verstand, machte sie, wenn sie an einem Gespräch sich beteiligte, den Eindruck, als sei ihr Körper an einem anderen Ort. Es war, als ob eine Stimme von weit her durch eine Statue spräche, die nicht wußte, an wen sie sich wandte und wo sie sich befand. Die unnahbare Haltung und der überirdische Glanz ihrer Züge flößte der an Zahl geringen Mannschaft an Bord Scheu und Befremdung ein. »Sie ist kein Mensch«, hieß es. Manche meinten gar, Aura sei nur ein Schatten, eine Einbildung, die durch den verzückten Blick des Prinzen, der in Wahrheit ein erträumtes Wesen schaute, hervorgerufen wurde. Allzu körperlos schien ihr Wesen zu sein. Nur selten und mit großer Scheu wagte der Prinz Auras Hand zu ergreifen. Auras Haltung und das Strahlen ihrer Züge, die lichtvolle Durchsichtigkeit ihrer Erscheinung waren von beeindruckender Wirkung. Kein Wunder, daß niemand ihr zu nahen wagte und Bedenken ob ihres Wesens aufkamen. Wer immer unversehens sich ihr gegenüber befand, meinte, einer Einbildung oder sonst einer Sinnestäuschung zu unterliegen. Das Wesen Auras hatte auch etwas Schreckliches an sich. Beängstigend und verwirrend, ja, abweisend erschien sie. So legte sich ein Kreis des Abstandes um sie herum.

Als endlich ein feiner, kaum sichtbarer Trennstrich zwischen Meer und Himmel das nahende Land am Horizont anzeigte, erscholl denn auch einmütig der Jubel der erleichterten Mannschaft, in den die drei Reisenden einstimmten. Bald kamen die beflaggten Masten des Hafens in Sicht, und die Erde der Heimat rückte heran an die schwankenden Planken des Schiffes. Der Heimweg durch Stadt und Land wurde von vielerlei Festlichkeiten begleitet. Die Heimkehr des Prinzen hatte alles Volk begeistert. Gleich nach der Landung war dem Prinzen das schwere Schicksal, das während seiner Abwesenheit das Land und seine Bewohner heimgesucht hatte, mitgeteilt worden, aber auch, daß sein Vater lebe und des Prinzen Heimkehr erwarte. Überall, wo Menschen zusammentrafen, um die bang erwartete Wiederkehr zu feiern, wurde sein Erscheinen inmitten des Einzugs des Frühlings, der sein zartes Grün, seine Knospen und Blüten allerorten sehen ließ, gefeiert.

Wie war es möglich, fragte der Prinz sich verwundert, daß alle Menschen nur ihn anschauten, Aura aber und den Sänger nicht sahen. Gewiß war sein Gehabe in den Augen des Volkes wunderlich, sprach er doch zuweilen, sich nach links oder rechts wendend, zu Wesen, die nur ihm sichtbar waren. Das Volk sah sie nicht. Doch machte man kein Aufsehen darum. Nur die Kinder, die in Scharen gelaufen kamen, lachten zuweilen laut. Seine beiden Begleiter waren stumm geworden. Sie saßen schweigend, ihr Haupt zur Brust gesenkt, im Sattel und antworteten nicht. So wurden die letzten Meilen ihres Rittes hin zur Stadt ein peinvoller Weg durch eine Wüste des Zweifels. Ängstlich blickte er nach Aura, und prüfend glitten seine Finger den Saum ihres Mantels entlang. Schon klang von den Zinnen der Stadtmauern fröhliches Lärmen, und aus dem Westtor strömten die Menschen, um die letzten Schritte der Heimkehr des Prinzen zu bejubeln. Als sie durch das Gewölbe des Westtores ritten, hallte die Stadt wider vom Rufe »Es lebe der Prinz!«. Da drang für einen Augenblick lang, entgegen all seinen bangen Fragen, ein Gefühl des Glücks und der Dankbarkeit in seine Seele. Koronrod erhob seine Arme, nach beiden Seiten die Menge des Volkes grüßend.

Vor dem Schloß stand der König. Die Arme hielt er ausgebreitet dem Sohn entgegen, und unter dem Jubel des Volkes sank der Prinz an die Brust seines Vaters. »Mein Sohn«, rief der König Orloge mit aller Macht. »Du bist nun heimgekehrt, bist mir und dem Volke wiedergegeben. Ich sehe, daß dein Weg und Glück sich nicht ohne die Wiederkehr, ohne den Segen meiner Hand und den Kuß meiner väterlichen, ewigen Liebe vollenden konnte. Da ich nun fühle, daß du vieles weißt und noch mehr ersehnst, will ich das Zeichen des Königtums auf deinen Scheitel setzen, daß du König seiest von nun an und das Reich in deiner Hand.« Mit diesen Worten hob er die Krone von seinem Haupt und hielt sie gegen den Himmel, dem strahlenden Licht dieses Tages entgegen, so daß aus ihren Edelsteinen die Feuer in die Augen der Menschen fuhren. Dann ging ein Aufschrei durch das Volk, als alle sahen, wie ein Lichtstrahl blendend hell auf das Antlitz des alten Königs fuhr und im Tränenstrom seiner Augen zerstob.

Noch stand die festliche Versammlung jubelnd, den jungen König umringend, vor der Pforte des Schlosses. Noch stand aufrecht der Prinz. Da stützte ihn des Vaters fester Arm, und er hörte ihn sagen: »Komm, ich will dir die Glocke zeigen, welche ich dir und deiner Braut zu Ehren habe gießen lassen.« Während sie, die Volksmenge teilend, auf den Dom zuritten, kam es Koronrod für einen Augenblick vor, als hätte er Aura und Sagefroh durch das Portal des Domes treten sehen. Unwillkürlich trieb er sein Pferd an, schneller auszugreifen, um die beiden einzuholen.

Da richtete sich sein Pferd hoch auf und warf, sich aufbäumend, den Kopf mit lautem Gewieher zurück. Die Menschen stoben erschrocken auseinander. Und Koronrod rief, daß es alle hören konnten: »Aura! Aura!« Seinen Vater und das Gefolge der Hofleute hinter sich lassend, sprengte er nun, von Entsetzensschreien begleitet, durch die auf dem Domplatz versammelte Menge. Noch einmal warf sein Pferd sich hoch aufbäumend zurück, und Schaum flatterte von seinen Nüstern, unbändig und wild war sein Gehabe. Da begann es, sich in seinem wilden Ritt unmerklich vom Boden zu erheben. Als ob es über Hürden spränge, holte das Pferd mit seinen Vorderhufen weit vorgreifend aus, doch nur ganz langsam, verzögert durch einen anderen Ablauf der Zeit. Schon hatten Roß und Reiter sich über die Häupter der gaffenden Menge erhoben und schwebten, die Hufe zum Galopp rührend, auf den Bogen des Hauptportals zu. Koronrod schien es, als er wie von einer unsichtbaren Brandung hochgehoben und an den Fels der Kirche geschleudert ward, daß alle Figuren aus Stein, die so überreich den Dom vom Boden bis zum Firste zierten, lebendig wurden. Es war, als verwandelten sich jeder Bogen, jedes Sims und alle Säulen zu Zweigen, Ästen und Stämmen eines im Sturmwind rauschenden und schwankenden Waldes.

Koronrod stieß erneut seinem Pferd die Sporen in die Flanken. Ein Heer von Tauben, das in den unzähligen Nischen des Domes nistete, flog flatternd auf. Das Pferd glich nun einem Vogel, der

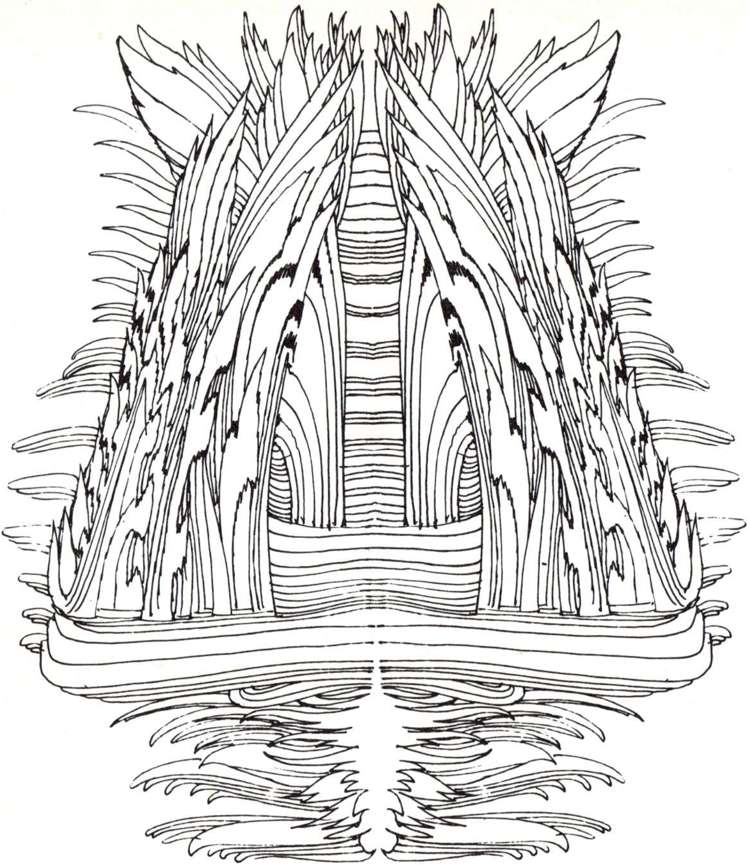

langsamen Fluges die Gipfel eines fernen Gebirges zu erreichen suchte. Vor den Augen Koronrods erblühte das Steinwerk. Die wasserspeienden Fratzen der Regentraufen reckten ihre langen Zungenzähne fletschend ihm entgegen und wandten sich wie lebendige Schlangen empor. Eidechsen und Kröten prangten wie Geschmeide, Fladen und Knaufe im glatten Steinwerk des Domes. Das kreisende Zifferblatt der Turmuhr zog, die Mittagsstunde anzeigend, unter ihnen hinweg. Und oben ragte der spitze Rautengipfel des Turms mit tausend steinernen Rosenknospen in den blauen Frühlingshimmel. Aller Augen starrten wie gebannt hinauf zum Turm. Jedermann hatte es mit angesehen, wie gerade in dem Augenblick, da der Taubenschwarm sich zerteilt hatte, der junge König im Turm verschwand.

Aus dem Dämmern des hohen Gebälks traten zwei Gestalten. Die eine breitschultrig, in ledernem Schurz, bärtig, dunkel und schwarzäugig. Die andere war Aura. Koronrod wollte aufschreien, doch jetzt ertönten zwölf dröhnende Glockenschläge und geboten Schweigen. Auras Gesicht war mit einem weißen Schleier verhüllt, ihre langen Zöpfe schwangen sich über die Schultern nach vorn und hingen seitlich von ihren Brüsten hinab bis zu den Hüften. Eben verhallte der zwölfte Glockenschlag. »Aura, verlasse mich nicht.« Mit diesen Worten war Koronrod, die Arme ausbreitend, auf Aura zugegangen, als der Mann im Lederschurz, einen schweren Hammer schwingend, ihm entgegentrat. Der Schlag, zu dem er ausholte, galt einer neuen, mächtigen, im Mittagslicht gleißenden Glocke. Hell und scharf sang sich der erzene Ton in Koronrods Seele. Jede Faser seines Leibes erklang als ein helles Echo. Ein Mitklingen, ein Gleichklang seiner Seele mit dem Ton der Glocke. Da hob Aura ihre Arme, umschlang des Prinzen Nacken und sank an seine Brust. Der weiße Schleier fiel vom Scheitel ihr zurück auf die Schulter und gab ihr Gesicht frei. Ihre Lippen öffneten sich, und sie rief, laut ihre Stimme in den Glockenton webend: »Mein Prinz, mein König, mein Gemahl!« Da holte der Schmied zu einem zweiten Schlage aus und traf die Glocke mit ganzer Kraft, so daß das Erz zu singen anhob, wie man es zuvor noch nie vernommen hatte. Eine große Verwunderung ging nun in den Augen des bärtigen Glöckners auf. Er schien etwas sagen zu wollen, seine Augen weiteten sich in namenlosem Staunen und bohrten sich dunkel in Koronrods hellen Blick. Dieser aber blickte unentwegt und gefaßt in dieses dunkle Augenpaar.

Im Turm war es still. Die Zeit hielt noch immer inne. Träge wie Ewigkeiten vergingen die Minuten. Gefühle, Ahnungen, Gedanken waren unendlich wach und verfolgten ihren Inhalt, ihr Ziel, ohne ein Ende zu finden, unerschöpflich. Koronrod drehte sich wie die Figur eines Jahrmarktkarussells und holte die vielen Figuren von Auras innerem Wesen mit seinen ausgebreiteten Armen aus dem drehenden Kreis um sich an seine Brust. Ein Lachen lag auf seinem Mund, ganz so wie es Kinder vor dem Einschlafen zeigen.

So standen sie lange Zeit, hätte der dritte Schlag des Hammers die neue Glocke nicht erneut zum Singen gebracht. Ein Schlag, hart und kraftvoll, hatte den erzenen Mantel getroffen. Mark und Bein durchbohrend, fuhr ein heller Aufschrei aus ihrem Gewölbe und schweißte die Leiber der beiden, Mann und Frau, zu einem einzigen glatten Körper zusammen. Der Glöckner warf nun den Hammer fort und stürzte zu Boden. Nun lockerten die beiden ihre Füße vom Boden, so wie man Wurzeln eines Baumes aus dem Erdreich löst, und schritten, einander stützend, schwankend auf die Treppe des Turmes zu. Ein Strahl der Mittagssonne fiel durch eine Luke des Turmes und traf den goldgelben Mantel der Glocke, sie teilend und öffnend wie ein großes doppelflügeliges Tor. Die Glocke sprang auf, und wie ein Spiegel ließ sie das Bild des Paares auf ihrer Wandung entstehen. Als wären ihre beiden Leiber der Glocke eingegossen, wie ein Relief eingeprägt, schmolzen im Mittagslicht die beiden Gestalten mit ihr zu einer einzigen Form zusammen. So schritt das Paar durch den klingenden Glanz des Erzes hindurch.

Noch war der Prinz ganz benommen. Gedankenlos strich er durch die Mähne des Pferdes, während sein abwesender Blick, als sähe er ein Traumgebilde, den schattenhaften Umriß Sagefrohs wahrnahm. Zögernd, schwerfällig, gleichsam aus tiefem Schlaf erwachend, sprach langsam der Prinz: »Komm mit uns!« Doch der Sänger stand an das Sims der gegenüberliegenden Luke gelehnt, blickte versonnen vor sich hin und winkte wehmütig zum Abschied. »Leb wohl, mein Prinz. Ich habe dich begleitet, solange du meiner Hilfe bedürftig warst. Nun aber ist mein Weg zu Ende. Dein Ziel ist Anfang. Die dreizehnte Stunde ist dein. Ich kann diesen Mittag nicht überschreiten. Wann immer du in die Schatten um dich blickst, wirst du mich sehen und, in Gefahr, mich finden. Ich bin bei dir. Von meinem Lied bestärkt, ist deine Hoffnung wahr geworden. Du hast meinem Lied geglaubt. So mußtest du Aura finden. Nun werden alle Augen sie sehen, nichts steht eurem Glück mehr im Wege. Nur deinen Schatten mußt du noch erkennen lernen. Denn wer an Auras Seite tritt, dessen Schatten fällt

schwer zu Boden.« Mit diesen Worten wies der Sänger auf den am Boden liegenden Glöckner: »Hier, schau, liegt dein Schatten.«

Die letzten Worte hatte Sagefroh fast dröhnend ausgerufen. Koronrod war erstarrt, er schien nichts mehr zu hören. Seine Miene war entgeistert, Schrecken und Entsetzen entstellten sein Gesicht. Ein unbegreifliches Rätsel hatte sich plötzlich vor ihm aufgetan. »So bin ich nicht des Königs Sohn, nicht Prinz, nicht als König heute gekrönt? Bin als Glockengießer tätig, als dieser Schmied?« Entsetzt wies er mit von sich gestreckter Hand schräg abwärts nach dem am Boden liegenden Glockengießer. »Ja, ist er denn

Fleisch und Blut wie ich?« rief der Prinz dem Freunde zu. »Soviel und sowenig wie du. Wache auf, du Träumer. Und du, wachender Schläfer, träume.« Nach diesen Worten zog Sagefroh das Pferd an seine Seite, schwang sich in den Sattel und verschwand mit einem schwebenden Sprung, der wie eine weiße Brücke sich aus dem Dunkel der Glockenstube in die lichte Unendlichkeit des Mittagshimmels spannte. »Lebe wohl, mein Freund, lebe wohl!« Wie ein Seufzen und Flüstern kamen diese Worte von Koronrods Lippen.

Immer noch starr auf den Glockengießer weisend, stand der Prinz wie angewurzelt an seinem Platz. Aura löste sich aus dem um ihre Schultern geschlungenen Arm des Prinzen und beugte sich über den am Boden hingestreckten Leib des Glockengießers. Während sie zärtlich durch dessen Haar strich, sprach sie: »Träume nur, mein Wachender. Mein Beschützer, mein Begleiter in der Not, meine Stärke, träume. Meiner Bilder bedarfst du nun nicht mehr.« Aus der Tasche seines Lederschurzes entnahm sie ein kleines Bündel, dann küßte sie die dunkel umrahmte Stirn des Schmiedes und erhob sich. Hastig trat sie auf Koronrod zu und reichte das Bündel dem Prinzen. »Hier, betrachte, was er wußte und du geträumt. Sieh an, was ich mit seiner Hilfe schuf. Jetzt wirst du sehend werden und unbefangen.« Dann gingen sie eng umschlungen die steile Wandeltreppe hinunter. Eine einzige Form, ein Guß, ein Paar, ein Mensch.

Die Aura

Das Volk hatte gewartet. Unter dumpfem Gemurmel drängte es sich um den Dom. Ein Raunen ging durch die Menge. Seht Aura. Da ist sie, die schönste unter den Frauen. Glanz, Glanz. Wie sie schreitet. Das Geraune verdichtete sich und wurde zum Getöse, Schreie erhoben sich, erst vereinzelt da und dort, um sich bald darauf wie in einem Choral zu verbinden, und immer deutlicher vernahm man den Ruf der Masse: »Öffnet die Pforten, wir wollen Aura sehen!«

Die Pforten öffneten sich. Und bald war die riesige Gemeinschaft der Zeugen dieses Tages versammelt. Feierliche Stille wuchs aus den Herzen der erwartungsvollen Menge. Nun sahen sie ihren jungen König neben seiner Braut. Das Kirchenschiff war dreiteilig, das Mittelschiff fast doppelt so breit wie die Seitenschiffe. Hier drängte sich alles Volk, denn von hier aus konnte man den feierlichen Einzug verfolgen. Bejubelt wurde der Einzug des alten Königs Orloge, der durch das Seitentor eintrat, gefolgt von seinem Hofstaat. Würdevoll und unendlich langsam schritt er durch das hohe Portal, immer wieder anhaltend, wie ein Erschöpfter, von langer Reise Heimkehrender, der sich kurz vor dem Ziele weiß. Zepter und Reichsapfel hielt er vor sich. Das weiße Haar wallte in dichten Strähnen zur Schulter nieder, und sein Auge war fest auf den Prinzen gerichtet, der die Krone trug.

Endlich trat das Brautpaar, Aura und Koronrod, aus der Sakristei und schritt, von Diakonen geführt, vor das Volk und den Altar. Das Gemurmel und Geflüster schwoll mächtig an, ein Tosen und Brausen füllte den Raum. Alle Augen waren starr und staunend, wie in einem einzigen Spiegel zusammentreffend, auf das Paar gerichtet, und wie in einem Augenblick nahm dieser Spiegel das Bild der Liebenden auf. Der Glanz des Paares strahlte wie ein Glanzlicht auf der Pupille eines zu einem staunenden Riesenauge gewordenen Blicks. Dieser Blick strahlte die Schönheit dessen, was er betrachtete, wider. Der Bischof trat nun zwischen das Paar und pochte sanft mit seinem Stab auf die Fliesen der Kathedrale. Auf dieses Zeichen hin erhob sich König Orloge und trat, begleitet von seinem Kämmerer und einem Zeremonienmeister, vor den Bischof. Zwischen dem Fürsten des himmlischen Reiches und dem Träger der Insignien irdischer Macht kniete Koronrod nieder. Während sein Vater Zepter und Reichsapfel über ihn hielt, nahm er die Krone vom Haupte und küßte sie. Der Bischof goß Salböl über des jungen Königs Scheitel. Ehrfurchtsvolle Stille stellte sich ein, und in diese Stille hinein erhob sich, die Krone hoch über seinem Haupt haltend, der Prinz. Der Bischof nahm die Krone aus Koronrods Händen, um sie auf den Altar zu legen. Das Gelöbnis des jungen Königs verhallte im Raum, während Koronrod die Insignien aus den Händen seines Vaters empfing. Tausende Kehlen formten eine laut tönende, rauhe Riesenstimme, die schwerfällig hinter der Stimme des Bischofs wie ein Echo nachklang.

Bei den letzten Worten nahm der Bischof den Kronreif vom Altar und setzte ihn mit Segensworten auf den Scheitel Koronrods. Jetzt stand der junge König in vollem Ornat vor seinem Volk. Koronrod wurde nun, vom Bischof geführt und von Diakonen flankiert, zum Thron geleitet, der sich vor dem Altar befand. Dort setzte er sich, starr in die vorgeschriebene Haltung sich rükkend, um Zepter und Reichsapfel aus den Händen seines Vaters zu empfangen.

Koronrod fühlte in diesem Augenblick von all den längst versunkenen Gipfeln gottmenschlicher Würde das Leuchten ihrer schillernden Spitzen erbebend in sich auftauchen. In sich hineinschauend, sah er die Könige der Vorzeit aus dem Dunkel sich erheben, um fortan in ihm den Thron ihrer ewig andauernden Herrschaft aufzurichten. Mit höchster Erregung und Anspannung hatten alle, die zu diesem Fest erschienen waren, dieses Königwerden verfolgt und miterlebt. Inzwischen war eine erhebliche Unruhe eingetreten, jenes Scharren, Räuspern und Rumoren, welches immer dann sich zu regen beginnt, wenn bei solchen Festlichkeiten eine Pause bevorsteht. Jene lockende Unterbrechung, jenes allgemein ersehnte Zeichen der Entspannung trat ein, ja ergab sich wie durch Zufall plötzlich, als der im Gefolge des Königs mit eingezogene Rabbiner, den als das Haupt einer kleinen frommen

Herde Chassidim alle erkannt und mit freundlich lustigem Spott bedacht hatten, einen goldenen Becher hob, diesen mit Wein füllte und wie ein wildes Tier in Baßtönen brüllend einen Segen zu sprechen anhob. Dies alles vollzog sich zeichenhaft als ein allen vernehmbarer Auftakt zur Teilnahme am festlichen Teil der heiligen Zeremonie. Da langten frohgestimmt alle nach ihren Bechern, so daß im allgemeinen Klirren ihrer metallenen und tönernen Gefäße, dem wellenartig an- und abrollenden Gemurmel, dem dumpfen Mannsgebrumm und dem hellen Weibergekicher, von dem Gesang der sich anhebenden Segensworte des Rabbiners nur mehr die Worte Baruch ha Schem deutlich zu vernehmen waren. Dann war das Gebraus der Menschenstimmen zu einem Schwall angewachsen, welcher alles andere in sich verschlang.

Wie hinter vorgehaltener Hand ein geheimes Wort dem einen, für den allein es bestimmt ist, zugeflüstert wird, gleichsam verdeckt hinter einem Vorhang, so vollzog sich, von der Menge kaum beachtet, die Hochzeit. Glanz wird zur Blendung, wenn er unerwartet die Augen trifft. Die Verhüllung muß sein, und überall, wo Glanz ist, wird sie gefunden. Man hüte sich vor dem Licht, dessen Unerträglichkeit nicht durch das Dunkel gemildert ist. So schließt die ewige Nacht, der schwere Fall des Himmels, vor dem Licht des Götterheeres sein Auge, und die Erde breitet ihren azurnen Mantel aus. Durch einen Mantel von angemessener Fülle erfassen wir von dem Glanz, was uns zu fassen bestimmt ist.

Es hatten der Rabbiner und seine Gehilfen eine Wand gebildet. Diese Gruppe hielt ihre Gebetstücher, lange, weiße, an beiden Enden mit schwarzen Streifen versehene Baumwollumhänge, um ihre Schultern und über ihren Köpfen wie Zelte aufgespannt. Ihre Hände waren weit ausgebreitet. Sie umstanden wie ein lebendiger Tempelbau das Brautpaar. Ihre Augen waren geschlossen, waren sie es doch, welche seit Jahrtausenden im Umgang mit der Verhüllung des Glanzes sicher geübt und unterwiesen sind. Auf den Arm des Rabbiners gestützt, betrat nun der Bischof das Zelt der Gebetsdecken. Ein brausender Gesang erhob sich im Kirchenschiff. Das Zelt sang und bebte. Hochzeit wurde gefeiert, Vermählung. Ein Gegeuß breitete sich aus und ein Gefleuß, ein Schmelzen und Formen, ein Singen und Beben, ein Läuten und Schmettern, ein Erringen und Ermatten, Flüstern und Wettern.

Während das Volk aß und trank, sein goldnes Kälblein salbend und dessen Lenden leckend, und jenen Teil verzehrte, der ihm zukam, wurde Aura dem Koronrod vermählt. Ein Wesen wurden sie, ein untrennbares, unteilbares Wesen in zwei Gestalten. So darf es nicht wundern, wenn hinfort sie niemals mehr in ihrer vormaligen Erscheinung gesehen wurden. Denn wer möchte, daß dort, wo zwei Trauben zu Wein vergoren sind, wieder zwei Trauben sein sollen, ist doch der Wein das Köstlichere. Jedes Wesen ist in seiner Gestalt und gibt sich doch ganz in die andere. So wie das Licht, das aus dem Funkelstein bricht und immer an diesen gebunden bleibt, von seiner Natur ist und doch nicht von seiner Gestalt.

Doch, wie gesagt, blieb dieser Glanz der Vermählung dem Volk verborgen. Ja, die Menschen blickten nicht einmal nach dem Zelte des Bundes, aus Gebetstüchern und Leibern vor dem Altare erbaut. Es mag niemanden wundern, daß keiner aufsah, war es doch zu mächtig, was dort oben geschah. Selbst ihre Ohren waren ihnen über dem Dröhnen und der allseitigen Rührigkeit zugefallen, und darum konnten sie den himmlischen Gesang nicht vernehmen, der aus dem Zelte drang. Es war ihnen genug, daß sie das Klirren der Becher hörten und ihr nimmer müdes Rufen nach neuer Speise, neuem Trank, gehört wurde. So mußte es auch ihren Augen verborgen bleiben, daß, als das Zelt die weißen Schwingen seiner Wandung faltete, ein turmartiger Schrein sichtbar wurde. Ein Doppelturm war es, wie ein Mensch geformt und wie ein Menschenpaar, das stehend sich umschlang. Gekrönt war dieser Turm und gekleidet in weißen goldbestickten Brokat; es glänzten edle Steine daran, vornehmlich der Saphir und der Rubin. Aus den Kronen klangen helle Glöckchen im hohen Diskant. Das Schiff der Kirche füllte sich oben über dem Altar mit klingendem Geflüster. Da hoben die Chassidim den mächtigen Doppelturm hoch über ihre Häupter und trugen ihn unter Gesang und Posaunenschall durch die Menge der hohen Pforte zu. Und wer gesehen hat, wie dieser Turm des Brautpaares wie ein Schiff das Meer der Blindheit durchzog, der hat auch erschaut, wie die Häupter der beiden unter dem Glockendach ihrer Kronen sich zum Kusse einander zuneigten. »Morgen schon ist alles wieder vergessen. Nur die Verhüllung regiert, und die Masken sind es, die gehorchen«, murmelte ein blinder Bettler vor sich hin, welcher an der Pforte

saß und dem Gesang der Chassidim seinen kahlen Schädel zuwandte.

Die Wipfel des steinernen Hauses der Pforte lehnten sich aneinander und schlossen sich, ihre Blüten ineinanderflechtend, oben zusammen. Alle steinernen Heiligen verbeugten sich vor diesem Turm in ihren Nischen. Sie sahen und beteten an das ewige Heil, die ewige Bewegung.

Walter Schurian:
Das Märchen ›Aura‹ von Ernst Fuchs

I

Ein Märchen stellt etwas Ganzes dar. Wenn überhaupt dieser Begriff eine Bedeutung haben sollte, so hier. Diese Ganzheit spiegelt sich in der Breite der Erzählweise: im Märchen herrscht ausgiebig Zeit, Gemächlichkeit, Ruhe inmitten der oftmals hastig ablaufenden Bewegung. Im Märchen reichen die Schicksale in die Höhe und in die Tiefe. Das Leben verwandelt sich zu allerlei Gestalten und Figuren, die Gesetze der Natur sind aufgehoben. Im Märchen enthüllt sich eine höhere Wirklichkeit in kristalliner Klarheit und Dauerhaftigkeit. Es enthält nicht nur die Aspekte des realen Lebens in Verkleinerungen und Verallgemeinerung, sondern es verrät auch die noch unbegangenen Wege und die noch nicht erkannten Richtungen. Obzwar jedes Märchen eine Fabel des So-ist-es enthält, hast immer mit einem Gutteil an Moral versetzt, so schimmern doch immer Öffnungen in andere Wirklichkeiten durch.

Von Moral ist die Rede. Moral bedeutet in diesem Zusammenhang die zur Weisheit gewordene Summe aller menschlichen Erfahrungen über die Zeiten und Räume hinweg. Sie ist im Märchen zumeist absolut gemeint: Moral als Lebensweisheit. Sie sagt jedem einzelnen, was zu tun sei im Hinblick auf das Tun aller. Hier erfährt jeder Mensch etwas über das Gemeinsame, das ihn mit den anderen Menschen verbindet: Gesetze, Ordnungen, Prinzipien, aber auch notwendigerweise der Verstoß gegen das Gesetzte, die zeitweilige Unordnung, das spontane Handeln. Ordnung und Unordnung sind die treibenden Kräfte des Märchens. In den Geboten der Gesetzbücher und der Religionen haben sich die lebenserhaltenden Gesetzlichkeiten der Menschen niedergeschlagen. In den Märchen schlagen sich aber auch die Träume, Wünsche und Phantasien der Menschen nieder, die nicht weniger wichtig sind. Aus den Zehn Geboten etwa erfährt jeder unmittelbar ein »Du sollst«, aus einem Märchen verrät sich ihm dagegen immer ein »Du kannst«: »Wenn man die Dinge von einer anderen Seite betrachtet, dann könnte man ... könnte man sogar als ein Prinz erwachen.«

Im Märchen wird das Wunder Wirklichkeit, in ihm werden die Gesetze der Natur erweitert um Sprünge, um Verwandlungen, um Unmöglichkeiten. Das Märchen lebt von der Überraschung, die an jeder Ecke der Geschichte den Leser oder den Zuhörer erwartet. Es verkörpert die Hingabe an das zeit- und raumlose Wandern zwischen den Welten. Im Märchen tummeln sich die Gedanken und Handlungen wie auf einem Jahrmarkt: grell, bunt, laut, lebhaft, ungezwungen und verspielt, es ist der ursprünglichste Spielplatz des menschlichen Denkens.

Die Gesetzlichkeiten des Lebens gelten also im Märchen nur mittelbar. Sie bilden das Raster, in dem sich Entwicklung und Bewegung vollziehen. Während dort die Fragen nach der Kausalität, nach Notwendigkeiten und Gesetzmäßigkeiten, und die Verwertung angesammelter Erfahrungen bestimmend sind, finden sich hier die Durchblicke, die auf das jeweils noch Unerschlossene und rational nicht Erschließbare gerichtet sind. Im Märchen verwirklicht sich der menschliche Geist immer neu und anders. Damit rührt das Märchen nicht etwa an die Bereiche des Zufalls, des Unplanbaren. Vielmehr sind in seiner Andersartigkeit und jeweiligen Neuheit die alltäglichen Erfahrungen des Lebens konsequent bis an ihre Grenzen gedacht. Grenzen werden dabei nicht überschritten, aber sichtbar gemacht, die Gesetze des Lebens werden nicht umgestoßen, aber so durchsichtig gemacht, daß die »andere Seite« durchschimmern kann. Das Märchen gründet sich niemals auf etwas gänzlich Neues, sondern enthält alle Erfahrungen einer Kultur, ursprüngliche und junge, existentielle und beiläufige, rationale und emotionale. Politik, Literatur und Wissenschaft können revolutionär sein, Märchen sind evolutionär.

2

Das Märchen ›Aura‹ von Ernst Fuchs entstand in den Jahren von 1968 bis 1973. Es hat seine Entstehung drei Anregungen zu verdanken, nämlich zum einen den 1967 und 1968 geschaffenen Bildern seiner Frau Eva Christina, die Ernst Fuchs als Vorlage dienten und ihn inspirierten, zum andern seiner Beschäftigung mit mythischen, archetypischen, »verschollenen« Bildern in seiner Kunst, und schließlich seiner Auseinandersetzung mit seinem eigenen Leben und seiner eigenen Geschichte.* So sind die Elemente dieses Märchens, das literarisch gesehen in die Tradition des romantischen Kunstmärchens einzuordnen ist, im Autobiographischen zu suchen, ebenso in Reflexionen über seine Tätigkeit als Maler und »Artifex« und in der Auseinandersetzung mit der Religion, deren Symbolen und Mythen.

›Aura‹ ist eine Bildungsgeschichte, in der die Stationen der Entwicklung menschlicher Reife aufgezeigt werden, die Suche nach Sinnerfüllung, das Streben nach Glück. Verschiedene Daseinsformen des Menschen sind in der Gestalt des Glockengießers auf der einen und in der Gestalt des Prinzen Koronrod auf der anderen Seite verkörpert. Im Glockengießer stellt sich das planvolle, vernünftige, angepaßte Handeln und Sichverwirklichen im Rahmen gesellschaftlicher Erwartungen dar. Keine Mühen und Wege werden gescheut, um das angestrebte Ziel nicht aus den Augen zu verlieren. Versuchungen wird widerstanden, Hindernisse werden mit Geduld und Ausdauer überwunden und Räume und Zeit bewußt durchmessen. Der Prinz dagegen vertritt eine andere Daseinsform. Er spielt, träumt, lacht, weint, er lebt in seinen Gefühlen. Er befindet sich ständig auf der Suche nach der geliebten weiblichen Gestalt. Er ist liebenswert, doch leicht zu verwirren und abzulenken durch Ereignisse und Erscheinungen. Traumwandlerisch erreicht er schließlich sein Ziel. Koronrod ist der Hans im Glück, der blind sich seinem Schicksal anvertraut und dadurch letztlich eine unerschütterliche innere Sicherheit gewinnt. Er sehnt sich nach allen Frauen und nach allem Schönen dieser Welt und wird dies ein Leben lang tun. Er ist in seinen Handlungen und Wünschen maßlos und unangepaßt und bleibt dies. Während der Glockengießer sich einfügt in die Gesetzmäßigkeiten und Anforderungen der Umwelt, bricht Koronrod aus. Seine Sehn-

* Aus den Teilen des umfangreichen Manuskripts wurde vom Herausgeber die vorliegende Fassung entworfen.

sucht kann sich den alltäglichen Erfordernissen nicht beugen, sie ist unermeßlich und unendlich.

Die unterschiedlichen Zielvorstellungen werden von den Frauen verkörpert. Während aber die Gestalten der Mona, der Melusine, der Hexe Kemisarte und der Prinzessin Sarba traditionelle Vorstellungen vertreten, verhält es sich mit Aura anders. Sie ist mehr. Sie ist die Verkörperung der Suche selbst. Sie ist menschliche Gestalt und abstrakte Erscheinung in einer Person. Aura ist die höchste Stufe menschlicher Vorstellungen von Glück und beständigem Streben nach Vollendung. In ihr verschwimmen die Gegensätze zu neuen Einheiten, christliche und jüdische, weibliche und männliche, körperliche und geistige. Aura ist der Glanz um das Gestalthafte, das Nachbild der Wahrnehmungen, der Nachklang des Glockentons. Ihre Erscheinung ist über die geläufigen Formen des Märchens hinausgehoben, in ihr verbinden sich die verschiedenen Impulse zu neuer Bewegung. Aura ist die Gestaltwerdung der grenzenlosen Sehnsucht des Helden. Zum Wesen der Sehnsucht gehört es, daß sie aufhört zu existieren, wenn sie an ihr Ziel gelangt. Aura ist wie ein Vexierbild, wie das Schillern und Glitzern des Taus auf den Blättern, dessen Funkeln die Morgensonne begrüßt und das erlischt, wenn die Sonne zum Zenit steigt.

So schließt sich ein Dreieck aus dem Glockengießer, dem Prinzen und Aura. Zwei Seiten der Persönlichkeit auf der Suche nach einer dritten. Alles durchdringt sich gegenseitig, die Gegensätze zwischen alt und jung, männlich und weiblich, natürlich und übernatürlich verschwimmen. Bewegung ist es, was dieses Verhältnis auszeichnet. Bewegung der menschlichen Sehnsucht im allgemeinen sowie der künstlerischen Sehnsucht im speziellen Fall, wie etwa bei der Figur des Glockengießers, des Artifex. Die übrigen Figuren ordnen sich diesem Dreieck zu, einige in althergebrachter Art und Weise, so die Hexe, der Vater der Sarba, Mona, die ehemals Hochmütige. Zwei Gestalten indes ragen aus diesem Reigen heraus: der Sänger Sagefroh und Issah, der Wächter der Insel der Aphrodite. Auf den ersten Blick verkörpert der Sänger den üblichen Stichwortgeber vieler Erzählungen, den Begleiter durch Welten und Unterwelten, den treuen Gefährten. Aber Sagefroh bedeutet noch mehr. Er ist ein ergänzender Teil des Prinzen selbst, er ist Teil des Helden und hat doch ein eigenes Schicksal, geht eigene Wege. Er steht für die Energie der Sehnsucht selbst. Ist Aura die Sehnsucht, so ist der Sänger die Kraft, die zu ihr treibt, Lust- und Realitätsprinzip in einem. Sagefroh ist als Musik, als Farbe, als Klang, als reine Empfindung der Impuls, welcher die Sehnsucht erweckt und am Leben erhält.

Eines der schönsten und ausdrucksvollsten Bilder des Märchens enthüllt sich beim Besuch des Prinzen auf der Insel der Aphrodite. Vor allem ist es der stumme Wächter Issah, der den Leser – oder den Betrachter des Bildes – in Bann schlägt. Ein Naturwesen von unbändiger körperlicher Kraft, doch mit menschlichen Zügen und Regungen, als Mensch und Tier zugleich prophetischer Bewacher heiliger Regionen. Auch diese Gestalt reicht hinein in die Bereiche der Magie, des Zaubers, des Kultischen und Religiösen, steht uns aber gleichzeitig in ihren Gefühlen und Wünschen ganz nahe, ein Geschöpf des Dunkels auf der Suche nach Licht und Wärme.

All diese Gestalten in ›Aura‹ sind Darstellungen des menschlichen Strebens nach Weiterentwicklung und Vollendung. Die Suche nach dem Stein der Weisen wohnt diesem Märchen inne, und zwar nicht nur auf der traditionellen Ebene, sondern auch in Gestalt der Elemente, die in verschiedenen Verkörperungen auftreten. So läßt sich etwa Melusine dem Wasser zuordnen, die Hexe Kemisarte der Erde, Sarba dem Feuer und Aura der Luft und dem Licht. In ihrem Erscheinen ist eine Bewegungslinie angedeutet: vom Wasser zur Erde über das Feuer zum Licht, das sind die Stationen, die durch die Frauengestalten markiert werden. In diesem alchemistischen Reigen wären der Prinz und der Glockengießer der Forscher, der Sänger Sagefroh der Katalysator, der die Prozesse in die Wege zu leiten hilft.

Da ist auch noch ein anderer alchemistischer Vorgang, der den üblichen Rahmen sprengt, nämlich die Verbindung einander sich widersprechender Komponenten zu neuen Einheiten. Dies äußert sich einmal im Hervortreten unterschiedlicher religiöser Elemente wie des protestantischen Elements des Prinzen, des jüdischen der Asra und des unbestimmten Schleiers eines barocken Katholizismus, der über allem liegt. Der Prinz und Aura, als Paar zu einer Einheit verschmolzen, eine neue Gestalt, in der die beiden Einzelteile aufgehoben sind, bilden die Rolle der Thora, welche einsteht für ein Bild des immer Gleichen trotz der Bewegung der beiden Enden. Wesentliche religiöse Symbole wie etwa das Kreuz im steinernen Gefängnis des Prinzen, der Dom, die Glocke, die Thorarolle, die Gebettücher und anderes verbinden sich zu neuer Einheit. Eine große Rolle spielen auch naturmystische Vorstellungen und ihre heidnischen Bezugspunkte. Landschaften und Gestalten sind die Eckpfeiler evolutiver Prozesse von Entstehen und Vergehen, Sein und Werden, die vergegenwärtigt werden durch die Jahreszeiten.

3

In der inneren Welt der Agierenden spielen sich nicht weniger komplexe und ineinander verwobene Vorgänge ab. Dabei weicht ›Aura‹ in einer Hinsicht grundlegend von den geläufigen Märchenvorstellungen ab. Hier geht es nämlich nicht nur um die bekannten Motive des bestraften Stolzes, der in Gestalt von Schlangen, Drachen und Ähnlichem angedeuteten Triebe und Regungen oder etwa des weisen und reinen Toren als Helden, sondern auch um zwei Urkräfte menschlichen Sehnens und Wünschens, um Eifersucht und um Rausch.

Eifersucht ist eng gebunden an die Vorstellung von Besitz. Da Sarba nicht jeden Liebhaber besitzen kann, den sie besitzen möchte und den sie durch die Augen ihrer Schlange beobachten kann, entzündet sie sich ständig wieder aufs neue an ihrer eigenen Eifersucht. Diese beherrscht sie bis zum Verglühen, bis zum völligen Ausgebranntsein; sie hält die Flamme der Begierde am Leben. Nicht mehr von Gefühl, von Liebe gar oder von Zärtlichkeit ist die Rede, wenn es um diese Begierde geht, sondern hier herrscht die Gewalt, die Macht des Besitzes, das Verlangen nach dem Anderen, hervorgerufen durch die Leere des eigenen Seins. Ohne Ende ist die Suche nach ständig neuer Begierde, da das eigene Gefühl am Erlöschen und Erkalten ist. Sarba ist nichts aus sich selbst heraus, alles Wesentliche kommt von außen. Zwar vermag sie völlige Befriedigung zu schenken, sich ganz zu verströmen, aber selbst bleibt sie leer und hohl. Das Bild der Sarba, die gierig in den Augen der Schlange das Tun der Liebenden verfolgt und an ihrer eigenen Gier verbrennt, ist das Bild der Liebe, wie sie sich unter Angst, Besitzenwollen, Macht, Gewalt und Schmerz entfaltet.

An die Gestalt der Sarba ist auch das Kernstück des Märchens gebunden, nämlich die Geschichte der Dreizehn Stunden. Diese Dreizehn Stunden stellen etwas Unverwechselbares dar, das ebenfalls die herkömmlichen Muster des Märchens sprengt. Ihr Thema der rauschhaften Vereinigung von Koronrod und Sarba findet seinen Ausdruck in erster Linie im Bildhaften. Es gibt keine Farbe, alles ist weiß. Ab und zu grelle Farbtupfen, etwa das Rot der zerfetzten Rattenkörper. Eine Architektur der Liebe: reliefartig tritt eine Stunde nach der anderen aus ihrer Mauernische hervor. Es ist wie in den Momenten der Ekstase, in denen die weißen Zimmerdecken und die Wände plötzlich flimmern und allerlei Figuren in ihren Schwingungen zu erkennen sind. Im Rausch verändern sich die räumlichen und zeitlichen Perspektiven, die Wahrnehmungen geraten ins Fließen. In diesen Dreizehn Stunden verraten sich die Bezüge menschlicher Erfahrungen der Liebe und des Rausches in einer Art und Weise, die nicht selten schmerzvoll erscheint. Hier herrscht die Ekstase, dasjenige, was sich abhebt vom übrigen des Märchengeschehens. Dieser Rausch vollzieht sich, äußerlich betrachtet, mit Hilfe von allerlei Mitteln. Davon lassen sich zwei Arten unterscheiden. Einmal sind dies die uralten Mittel, die der Mensch sich zur Ekstase auserkor. Plastisch und anschaulich geschildert etwa beim Mahl der Pilzsuppe im Haus und in der Gesellschaft der Hexe Kemisarte. Dadurch geraten die dort versammelten Freunde in so manch heitere, durchsichtige, benebelnde, klarsichtige Zustände. Die besondere Art der Wahrnehmung, die dabei zum Vorschein kommt, läßt sich etwa erkennen an dem Vernehmen von Musik und Tönen, der veränderten optischen Wahrnehmung und vor allem jenem Blick, welcher unter die Haut zu gehen vermag. Letzteres ist angedeutet in der Art und Weise, wie den Freunden der Körper Melusines gänzlich durchsichtig erscheint.

Eine andere Art des Rausches vollzieht sich dagegen bei den Erlebnissen der Dreizehn Stunden. Hier lassen sich nämlich, neben solch üblichen Mittelchen, bereits die Übergänge zu artifiziellen, synthetisch-chemischen Rauschmitteln erkennen. Diese stehen zum Beispiel bei einer Episode grell im Rampenlicht, nämlich bei der elften Stunde. Das dort Dargestellte kann auf den ersten Blick angesiedelt werden in dem Bereich der Schwarzen Medizin, oder des Schamanentums. Wie an einem Detail der Zeichnung dazu erkennbar, lassen sich auch Verbindungen zu den unheilvollen medizinischen Versuchen im Dritten Reich herstellen. Dies alles jedoch nur auf einer Ebene. Die andere Seite enthüllt die dunklen Bereiche der Gewalt, der Brutalität, des Schmerzes, der Lust, die nur aus Leiden entstehen kann, der völligen Zerstörung des Körpers zwecks Erlangung von »satisfaction«. Die Verbindung zweier Menschen untereinander scheint demnach nur möglich zu sein unter gewaltsamer Anstrengung, dem gegenseitigen Zufügen von Leid und dem schmerzvoll-lustvollen Ertragen von Leid. Liebe und Leid sind hier in einer grausamen, erschrekkenden Art miteinander verbunden. Das sich ineinander Auflösen im Moment der Liebe, etwa von Isolde sehnsuchtsvoll noch besungen, gewinnt hier eine andere gespenstische Dimension: Liebe vollzieht sich über Zerstörung.

4

Die Entwicklung des Helden läßt sich ablesen an den Landschaften, die von ihm und anderen durchzogen werden. Zwar bedeutet die Landschaft als eine Kulisse der Gefühle und eine Fläche für die Spiegelungen der Handlungsweisen ein gängiges Mittel des Kunstmärchens. Legion ist die Anzahl auch der diesbezüglichen Deutungen und Andeutungen. Verwiesen sei daher nur auf einen auffallenden Bezug der Landschaft zum Vorgang. In der Tradition der Entwicklungsgeschichte eines Helden muß auch Koronrod zum Zwecke seines Erwachsenwerdens verschiedene Proben über sich ergehen lassen. Eine davon führt ihn in die Unterwelt. Dort beobachtet er das Reich der Toten, die zwangvoll sich wiederholenden Bewegungen ein und desselben Geschehens ohne Anfang und Ende. Die minutiösen, detailreichen Schilderungen der Schlieren im Sand des Wassergrundes, als die Legionen der Verstorbenen gesehen, ist eine zeichnerische Gestaltung in Worten, wie bei Fuchs' frühen Zeichnungen; die Bilder von Fuchs in Worten sind hier den Zeichnungen Kubins verwandt.

Koronrods Abstieg in die Unterwelt geschieht über das »labyrinthische Schneckengewinde des Totendoms«, über einen »in die Erde gebohrten Trichter, dessen smaragdene Farbe von Stufe zu Stufe tiefer sich färbte und feurig das Licht der Sonne zurückwarf«. Nach mancherlei Fahrten durch die Tiefen, begleitet von Tritonen, findet sich der Prinz am Ende wieder allein. Die Tritonen sind wieder in der Tiefe des Wassers verschwunden. »Koronrod stand offenen Auges vor einer Feuersäule. Dies war das letzte Stück des Weges. Das erbebende, mächtige Dröhnen der Posaune erfüllte den Raum, dem Mundstück schon nahe, als Teil des Gerichtsturms und Totenhorns. Nicht sein zögernder Schritt über angstschlotterndem Knie trug ihn jetzt weiter empor, sondern ein Sog von einer unsichtbaren und dennoch verspürbaren Hand des Himmels. Von kundigem Griff wurde er nach oben in die Höhe gerissen. Eine sich steigernde schrille Musik vieler Orgeln erfüllte sein Ohr. Nun flog er durch die immer enger sich zusammenschließenden Strebepfeiler des himmlischen Mundstücks mit zunehmend Beschleunigung nach oben. Da plötzlich, vom mächtigen Schrillen einer Sirene durchbebt, im Nu des Blitzes und verfolgt vom grollenden Donner speiender Vulkane, schoß, Leib und Seele aneinandergepreßt wie die zwei verschiedenen Seiten einer Münze, unter donnerndem Hammerschlag der Prinz ins Blau eines neuen jenseitigen Himmels.«

Getragen ist diese zweite Geburt des Prinzen, sein Abschied von der Kindheit und sein Eintritt in das junge Mannesalter, von der Symbolik: das Schneckengewinde der Treppe, die Öffnung des Trompetenmundes, sowie seine lustvolle Fahrt durch das feuchte Dunkel der Tiefen. Ausdrucksvoll hierbei sind die Verschachtelungen, das Ineinandergreifen beispielsweise des Abstiegs und des Aufstiegs, die Gewinde der Hörner, Aufgänge und Ausgänge. Auch das Herausgeschleudertwerden aus der Tiefe unter den höchsten Anstrengungen ist ein Geburtsvorgang. Doch zeigt sich auch hier noch etwas anderes. Denn es handelt sich nicht nur um eine übliche psychologische Symbolik oder eine alchemistische im Sinne von C. G. Jung. Sondern in diesem Bilde des Eintrittes und des Verlassens der Tiefen zeigen sich die Stufen der Entwicklung alles Lebendigen. An ihm lassen sich die Entwicklungsstufen vom Moment des sogenannten Urknalls über die physikalischen, chemischen, organischen, bewußtseinsmäßigen Zustände der Entwicklung der gesamten Menschheit ablesen. Die Fahrt des Prinzen durch die Unterwelten und sein anschließender Übergang zurück ins Licht des Lebens gleicht der Entwicklung allen Lebens vom Einzeller bis hinauf zum Menschen. So ist dieses Märchen nicht nur eine Geschichte einer Kultur in den üblichen verschlüsselten Bildern und Symbolen, sondern enthält auch die Schwingungen und Nachwehen der Entwicklungsbewegungen eines Menschen sowie der ganzen Menschheit.

5

Die Malerei der Eva Christina Fuchs bewegt sich ganz in der unmittelbaren Sichtbarmachung sinnlicher Wahrnehmung. Ihre Bilder haben den Reiz des Märchenhaften, sind aber weit davon entfernt, naiv zu sein. Es sind die Tagträume eines Menschen, der nicht mehr Kind ist, der also schon über ein gutes Maß an Erfahrungen und Überlegungen verfügt, der aber auch nicht nur erwachsen sein möchte. In ihren Bildern können die Gedanken Zuflucht finden vor dem Alltäglichen und seinen Erfordernissen, sie können spielen und Grenzen überschreiten, deren Verletzung in der Realität ein Tabu ist. Lust, Traum, Wunsch und Sehnsucht können in diesen Farbgespinsten frei einhergleiten und anregen zum Weiterträumen des Dargestellten.

Kein Wunder also, daß Ernst Fuchs sich durch die farbigen Bildwelten seiner Frau angeregt fühlte, derart Begonnenes weiterzuspinnen. Hatte Eva Christina ihre Bilder frei und ohne direkte Verbindung zu einem Thema oder einer Handlung geschaffen, so gestaltete Ernst Fuchs aus ihnen nun eine Fabel. Aus einzelnen Bildern wurde ein Bilderbuch, ein Bilderbogen in Worten. Trotz ihres durchaus literarischen Charakters lebt seine Geschichte doch in erster Linie von ihrer ausdrucksstarken Bildhaftigkeit. Sie ist wie ein gezeichneter Film eine Abfolge von einzelnen Bildern.

Einige Motive seiner gemalten, gezeichneten oder in Kupfer gestochenen Arbeiten sind dabei tatsächlich in Worte gekleidet, wie etwa der Traum des Prinzen am Ende des Sarba-Kapitels. Die Spannung rührt aus der unmittelbaren Bildhaftigkeit einzelner Episoden. Es ist nicht in erster Linie eine auf ein Ziel ausgerichtete Handlung, die die Geschichte der Suche des Prinzen und ihre dynamische Spannung ausmacht, sondern, wenn man so will, eine Schnittechnik, die abrupte Übergänge schafft. Bilder wechseln in plötzlicher Folge, werden vermischt, überlagert, aufgelöst in Einzelteile, parallel eingesetzt, einmal grell beleuchtet, ein andermal unscharf gezeichnet. Daraus entsteht eine bewegte Folge von Bildern, ein Film also.

Diese Szenenfolge enthält nun zwei Brüche, die – gewollt oder nicht gewollt – einen verfremdenden Effekt in das Märchen einbringen. Das ist einmal der mit modernen Attributen ausgestattete Medizinmann der Elften Stunde. Diese Episode läßt sich zwar einerseits durchaus ansiedeln im Bereich der Schwarzen Medizin oder des Schamanentums, weist aber in eben diesen zeitbezogenen Details auch auf unheilvolle Vorgänge der Gegenwart hin, etwa auf die Menschenversuche des Nationalsozialismus.

Der zweite Bruch findet sich gleich zu Anfang des Märchens. Dort ist von der Verkündigung des Dogmas der Himmelfahrt Mariens die Rede. Dieses Ereignis fand im Jahre 1950 statt. Ein Märchen fängt im Jahre 1950 an? Ist das nicht zeitlich zu genau fixiert? Ist dieses Datum überhaupt notwendig für diese ansonsten zeitlose Geschichte? Nein und ja. Wiederum als Bild: in der Himmelfahrt Mariens wird eine irdische Existenz erhöht durch den Glanz, der sie in der strahlenden Helle des Himmels umgibt. So haben es insbesondere die Maler des Barock gesehen: ein Strahlenbündel hüllt die Jungfrau Maria ein. Der Anfang des Märchens ›Aura‹ bezeichnet also unmißverständlich eine Bewegung in Richtung auf höchste Verklärung hin. Damit ist die Thematik der ganzen Geschichte angezeigt, deren Bewegung über die verschiedenen Stadien der Entwicklung bis hin zur reinen Klarheit, zum Glanz, zum blendenden Licht reichen, zu dem, was das menschliche Auge nicht erschauen darf. Dies ist auch in der letzten Szene deutlich angesprochen. Die Vereinigung der beiden Liebenden, von denen einer eine Lichtgestalt ist, wird hinter Gebetstüchern vollzogen.

Die Verschmelzung der Elemente zu Neuem, zum Gold, wird vor den Blicken der Neugierigen geschützt. Auch der göttliche Glanz kann sich dem menschlichen Auge nicht unverhüllt darbieten, da seine Strahlen sonst versengen, wie auch unser Auge vor der unmittelbaren Einwirkung der Sonne geschützt werden muß. Die Einsicht in die letzte Klarheit wohnt also dicht beisammen mit der Gefahr des Geblendetwerdens.

Diese beiden Brüche kennzeichnen die besondere Art dieses Märchens. Sie stören die oberflächlich genußvolle Hingabe an den Strom der Erzählung, sie zwingen zum Nachdenken, zur Überlegung. Ein Märchen in unserer Zeit? Gar in der seltsamen Zeit der Fünfziger Jahre mit ihrem Aufbruch in den Wohlstand, mit ihren Nierentischen, Neonröhren und anderem Schnickschnack? Diese Zeit als Anfang eines Märchens? Ja, warum eigentlich nicht? Wenn es Märchen überhaupt gibt, warum sollten sie nicht in der Gegenwart beginnen? Nur eine eingeengte Sichtweise verbannt alles Märchenhafte in einen geschichtslosen Raum. Das wirkliche Wunder, der Stoff, aus dem die Märchen gewebt sind, ist zu allen Zeiten möglich.

6

Die Suche nach dem Anderen, die ständige Bewegung hin auf neue, noch nicht erreichte Ziele, ist der Ausdruck dieses Märchens, so wie sie der vielleicht ureigenste Ausdruck aller Kunst ist. Die Sehnsucht des Menschen ist nicht nur mit der Vernunft zu ergründen. Ihr haftet etwas durchaus Unvernünftiges, nach allen Seiten Offenes an. Das bedeutet freilich nicht, daß die Sehnsucht neben dem Eigentlichen des Lebens steht. Vielmehr ist sie die eigentliche Triebfeder aller Entwicklung. Ohne das beständige Suchen nach neuen Möglichkeiten, neuen Welten, die in aller Materie und allen Organismen ja bereits vorhanden sind, gäbe es keine Evolution, keine Entwicklung zum Nächsten.

Solches Suchen wohnt allem Lebendigem inne, gelangt aber doch in der Kunst zu einem besonderen Ausdruck. Am klarsten und am ursprünglichsten geschieht das im Märchen. Seit Urzeiten können Menschen hier verrückte, ernste und heitere Gespinste entfalten, Möglichkeiten entwerfen, mit ihren Gedanken spielen, hier können sie ihre Wünsche ausleben, sich ihrer Träume erinnern. Das Märchen ist die in eine sprachliche Form gebrachte Suche nach anderen Lebensmöglichkeiten, und das vor allem dann, wenn es allen Menschen verständlich gestaltet ist, wenn es sich selbstorganisierend auf das Leben in Entwicklung bezieht. Unmittelbar kommt dies in den Volksmärchen und Sagen der Völker und Kulturen zum Ausdruck. In den Kunstmärchen, wie ›Aura‹ eines darstellt, schwingen diese unmittelbaren Verbindungen zum Lebendigen in Bildern nach.

Berühmte Künstler erinnern sich

Yehudi Menuhin:
Unvollendete Reise
Lebens-
erinnerungen
dtv 1486

Rudolf Hartmann:
Das geliebte Haus
Mein Leben mit der
Oper
dtv 1433

Hubert v. Meyerinck:
Meine berühmten
Freundinnen
Erinnerungen
dtv 611

Gerald Moore:
Erinnerungen eines
Begleiters
dtv 1217

Walter Erich Schäfer:
Bühne eines Lebens
Erinnerungen
dtv 1480

Gregor Piatigorsky:
Mein Cello und ich
und unsere
Begegnungen
dtv 1080

Nicolas Nabokov:
Zwei rechte Schuhe
im Gepäck
Erinnerungen eines
russischen
Weltbürgers
dtv 1500

Otto Strasser:
Und dafür wird man
noch bezahlt
Mein Leben mit den
Wiener
Philharmonikern
dtv 1338

Werner Fink:
Alter Narr – was nun?
Die Geschichte
meiner Zeit
dtv 1044

Fritz Kortner:
Aller Tage Abend
dtv 556

Karl Böhm:
Ich erinnere mich
ganz genau
Autobiographie
dtv 916

dtv